I0686588

LE

SOUDAN

EN 1893

par M. le Colonel ARCHINARD

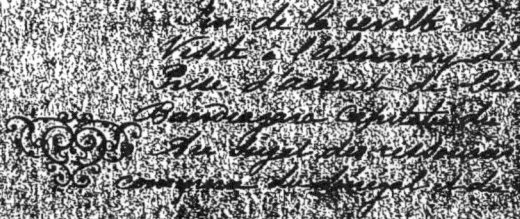

HAVRE

IMPRIMERIE DE LA SOCIÉTÉ DES ANCIENS COURRIERS
Rue ..., 13

LE

SOUDAN

EN 1893

par M. le Colonel **ARCHINARD**

HAVRE

IMPRIMERIE DE LA SOCIÉTÉ DES ANCIENS COURTIERS

130, Rue Victor Hugo, 136

1895

LE

SOUDAN

EN 1893

par M. le Colonel ARCHINARD

HAVRE

IMPRIMERIE DE LA SOCIÉTÉ DES ANCIENS COURTIERS

136, Rue Victor Hugo, 136

—

1895

LE SOUDAN

EN 1893

par M. le Colonel ARCHINARD

> Si je réussis à intéresser mes lecteurs à l'avenir des pays que j'ai parcourus, à leur en faire apprécier les ressources immenses, à faire comprendre quelques-unes des belles qualités du Nègre..... mon but sera rempli.
>
> E. Mage (Voyage dans le Soudan Occidental, Sénégambie-Niger 1868).

> Vous êtes de ceux qui croient plus que jamais à l'avenir de notre établissement à la Côte d'Afrique et à l'utilité de la race noire sur la surface du Globe, sans qu'il soit nécessaire de la priver de ses droits imprescriptibles à la famille et à la liberté individuelle.....
>
> Si ce n'est pas l'enthousiasme religieux, si ce n'est pas le culte exclusif de la science qui vous guidaient ; c'étaient des motifs aussi généreux et d'une utilité plus immédiate et plus pratique, car l'occupation et la domination françaises, c'est-à-dire la rédemption de ces malheureuses contrées, doivent suivre, sans beaucoup tarder, le sillon que vous leur avez tracé.
>
> Le Général Faidherbe à M' Mage.
> (Bône, le 1er Mai 1868).

L'étendue du Soudan a été diminuée à l'ouest par la cession au Sénégal des anciens territoires du cercle de Bakel ; le Boudou, le Sandougou, le Kaloukadougou, le Ouli, le Tenda et le Gamon sur la rive droite de la Gambie et le Kandora sur la rive gauche. On s'est conformé au décret du 28 Août 1892 et entière satisfaction a été donnée ainsi au Gouverneur du Sénégal qui désirait avoir sous son administration les

Toucouleurs du Boudou comme il avait déjà ceux du Fouta sénégalais et pouvoir faire communiquer les provinces du Sénégal avec la Casamance sans passer sur les territoires anglais ou soudanais.

A l'est, le Soudan s'est trouvé considérablement agrandi. En 1891, j'estimais que l'étendue territoriale des provinces que nous administrions et sur lesquelles notre action était réelle. et effective était d'environ 33 millions d'hectares ; aujourd'hui que Samory s'est reculé, cherchant sans doute à se refaire quelque royaume hors de notre atteinte, et que nous pouvons considérer comme à nous tout le pays sur lequel il dominait encore en 1891, aujourd'hui que la soumission du Minianka a reporté notre frontière à l'est jusqu'à la frontière du successeur de Tiéba, que nous avons pris sous notre administration directe les territoires de Ségou et de Dienné jusqu'à Mopti et ceux de Dia et de Sokolo, que nous sommes maîtres du Macina dont nous nous sommes emparés pour ainsi dire par surprise, sans que la guerre ait pu le ruiner ni en diminuer la population et les richesses, j'estime que l'étendue du Soudan est d'environ cinquante millions d'hectares, c'est-à-dire aussi grande que celle de la France (1).

Je pense, sans avoir cependant encore de données bien précises, qu'on peut évaluer la population du Soudan au moins à deux millions d'habitants.

C'est bien peu, mais, si je ne me trompe, on admet que la France des Carlovingiens n'en comptait guère que cinq ou six millions, et bien certainement, maintenant que nous assurons la paix et la sécurité à l'intérieur de nos frontières, la population du Soudan s'accroîtra très rapidement, non seulement par le développement de la population actuelle mais par

---

(1) La superficie de la France est d'environ 52 millions d'hectares, celle du Sénégal d'environ 12 millions, et celle des Rivières du Sud d'environ 9 millions, en y comprenant le Fouta-Diallo qui est bien loin d'être à nous mais qui est cependant placé sous notre protectorat.

l'immigration des noirs placés en dehors de nos frontières et qui viendront s'établir chez nous pour y vivre sous notre protection.

Il y a évidemment quelque chose d'inquiétant à voir de pareilles étendues maintenues dans l'obéissance par des troupes d'effectifs aussi faibles que celles dont nous disposons au Soudan.

A Sokolo, à Dienné, sur une bonne partie de notre frontière nord, nous sommes en contact avec les Maures, les Peuhls, les Touaregs, les gens du Touat et du Tafilet, les Marocains, tous gens qui ont créé parfois de sérieux embarras sur nos frontières d'Algérie, et qui pourraient nous en créer aussi au nord du Soudan, s'ils venaient à croire à quelque faiblesse de notre part.

Le commerce a tout à gagner à ce que nous ayons à faire à des populations d'une certaine densité, mais les avantages qu'on peut en retirer ne font pas disparaître ce qu'il peut y avoir de dangereux à avoir des voisins nombreux, guerriers, et susceptibles de se grouper sous l'étendard de quelque prophète.

Je ne crois pas cependant qu'il y ait à chercher une plus grande sécurité par l'augmentation de nos effectifs. Les dépenses seraient, je crois, hors de proportions avec les résultats à atteindre. Une voie ferrée qui pourrait nous mener rapidement sur les bords du Niger assurerait bien davantage la stabilité de notre domination en même temps qu'elle ouvrirait toute notre colonie au commerce.

Les Maures qui ne cessaient de refouler les noirs vers le Sud, ont été arrêtés dans leur marche par les succès du général Faidherbe, et, plus à l'Est, par les guerres victorieuses qu'El-Hadj-Omar a soutenues contre eux. Aujourd'hui ils semblent reculer et les noirs reprennent possession des territoires qui, au nord du Soudan, sont encore cultivables et sont connus sous le nom de Sahel. Bien certainement ce mouvement ne s'arrêtera pas, maintenant qu'il se fait sous notre protection. Nos noirs de Guidimakha, par exemple, s'avanceront sans doute jusqu'au Tagant, repeuplant, tout le long d'une colline qui leur donne de l'eau, d'anciens villages qu'ils occupaient autrefois. Nous avons tout intérêt à voir se substituer à des vagabonds dont le pillage est la principale occupation, des populations laborieuses qui sont les éléments de richesse de notre colonie et qui nous devront tout.

A l'intérieur du Soudan, la destruction de l'œuvre d'El-Hadj-Omar a amené bien des déplacements de population ; chacun cherche à regagner son pays d'origine, les Toucouleurs ont été renvoyés dans le Fouta sénégalais comme je le dirai plus loin, les anciens habitants du Kaarta quittent le Ségou pour rentrer chez eux, les Bambaras Massassis ont abandonné Guémou pour retourner dans le Kaarta-Biné, les Maures de Samé abandonnent leur village de la rive gauche du Sénégal pour retourner dans le Séro. Les Kassonkés retournent dans le Diombokho, le Markadougou demande des territoires du Bélédougou, le Kaméra revendique des cantons du Guidimakha, les Peuhls Macinankés demandent à retourner à Tenenkou, au nord de Dia, d'où Tidiani les a fait émigrer, etc., etc.

Tous ces déplacements ne peuvent être défendus ; en les autorisant, nous nous attachons tous ces indigènes, l'équilibre deviendra stable, mais il y a un moment de transition qui rend l'administration difficile, et, si on ne doit pas défendre ces déplacements, ils doivent être cependant réglementés, surveillés et échelonnés pour éviter le pillage, la mortalité sur les routes et les épidémies, pour assurer la possibilité de vivre à l'arrivée, et pour empêcher enfin que les noirs, qui suivent volontiers l'exemple des voisins, ne se mettent inconsidérément en route, quittes à regretter ensuite leur départ.

. . . .

Le Soudan français est divisé en cercles dont le nombre et les limites ont varié suivant les conditions politiques et les accroissements de territoires. On compte aujourd'hui 15 cercles, ceux de Bakel, Kayes, Bafoulabé, Nioro, Kita, Bamako, Ségou,

Sokolo, Dienné, Siguiri, Kankan, Kouroussa, Faranah, Kissi-dougou et Kérouané (1).

Il faut y ajouter le Macina qui est pays de protectorat sous l'autorité d'Aguibou et l'enclave de « Sansandig et dépendances » où règne le Fama Mademba.

Notre autorité est absolue dans ces deux provinces et ce sont des considérations politiques et le désir de ne pas augmenter le personnel européen nécessaire à l'administration qui ont conduit à leur laisser une certaine autonomie.

. . . .

Les ressources du Soudan proviennent :

1° du budget colonial voté par la métropole ;

2° du budget local fourni par la colonie même. (Les recettes de ce dernier budget pour 1892 ont été de 634.550 fr. 60) (2).

Le Trésor est confié à un trésorier-payeur qui réside à Kayes et relève du Ministère des Finances.

Il lui appartient d'alimenter sa caisse d'après les instructions qu'il reçoit du Ministère, il émet des traites du Trésor et des mandats-poste, mais jusqu'à présent l'intérêt seul du Trésor a été consulté pour l'émission des traites, qui n'est autorisée que quand l'alimentation de la caisse n'est pas possible par des envois de fonds de la métropole. Les doléances des commerçants sont nombreuses. Il n'existe pas de banque au Soudan. Le privilège de la Banque du Sénégal finissant au mois de Mars 1893, peut-être y aurait-il lieu, lors de son renouvellement, d'exiger d'elle qu'elle fonde une agence à Kayes et accepte pour cette agence une réglementation spéciale pour la colonie, le cours forcé des billets ne pouvant évidemment pas être une mesure générale au Soudan.

---

(1) La division en cercles des territoires de Siguiri, Kankan, Kouroussa, Faranah, Kissidougou et Kérouané répond aux besoins du moment. Ces six cercles pourront sans doute ne plus en composer que deux ou trois dans un avenir prochain. De même le cercle de Sokolo pourra sans doute, plus tard, être rattaché au cercle de Dienné.

(2) Les prises de guerre ne figurent pas dans ce chiffre.

Le chef du service administratif du Soudan français qui est un commissaire-adjoint des Colonies et qui exerce son contrôle sur toutes les questions d'administration et de finances dans la colonie est ordonnateur secondaire, sous la haute direction du Commandant supérieur, des dépenses faites au compte du premier budget.

Le Commandant supérieur est lui-même ordonnateur secondaire pour les dépenses faites au compte du budget local. Il peut déléguer tout ou partie de ses pouvoirs au chef du service administratif.

Le chef du service administratif dirige un nombreux personnel de sous-commissaires, aides-commissaires, commis du commissariat, écrivains et magasiniers, stationnés tous ou presque tous à Kayes.

Loin de Kayes, dans un certain nombre de postes, le chef du service administratif est représenté par les agents spéciaux qui sont des militaires de la garnison. Les agents spéciaux sont dépositaires des fonds qu'ils reçoivent du trésorier de Kayes ou qui proviennent de recettes faites sur place. Leur encaisse peut s'élever à 60.000 francs. Elle ne peut être supérieure, et, quand les nécessités du moment exigent une encaisse plus considérable, deux ou plusieurs agences spéciales sont installées dans une même localité avec autant d'agents spéciaux.

Sous la direction et le contrôle du chef du service administratif et du Commandant supérieur, les agents spéciaux effectuent les achats, passent les marchés, paient les soldes acquises. Ils doivent fournir des pièces justificatives de toutes les dépenses effectuées en suivant les règles admises dans l'administration coloniale.

L'apurement de leurs comptes est fait à Kayes par un bureau spécial.

En route de Nioro à Gombo

.... Gombo (dans le Bakhounou) est une grande ville de 10 à 12.000 âmes sur les bords d'un véritable petit lac. Les gens qui l'habitent ne se rappellent pas avoir entendu dire que leurs ancêtres aient habité autre part.

Après la chute de Nioro, les gens de Gombo m'avaient envoyé une députation pour me féliciter, faire des protestations d'amitié, et prendre nos ordres. Un impôt modéré avait été consenti volontiers, et, bien que le capitaine Gouget, en passant à Gombo peu de temps après, y ait rencontré quelque mauvaise volonté, j'avais été fort surpris d'apprendre que, dans le courant de l'année suivante, cette agglomération de marchands s'était mutinée, s'était révoltée et avait essayé, avec quelques succès, d'entraîner à sa suite le Kolou, le Bakhounou, les Maures voisins et les Peulhs Sambourous.

Je pensais que quelque exaction avait été faite en notre nom. Le poste de perception pour les droits de douane à percevoir sur les caravanes qui franchissent notre frontière Nord, avait été d'abord installé à Guigné, mais j'avais reconnu bientôt, après une mission confiée au capitaine Gouget, que si Guigné peut être un marché important, il ne peut être un poste de perception. Il est trop éloigné de la frontière et les transactions se faisaient à notre insu au nord de Guigné. J'avais laissé des ordres pour que notre poste fût déplacé et reporté plus au nord à Gombo et cela avait été fait. Notre chef de poste, le lieutenant indigène Sadioka, avait-il donné à nos administrés quelque sujet de mécontentement? Le lieutenant Canrobert envoyé en mission pour se rendre compte de ce qui se passait et pour chercher à arranger les choses, avait complètement échoué. Il avait dû quitter précipitamment Gombo avec ses spahis et, peu après, le lieutenant Sadioka avait dû abandonner le poste de perception qui avait été mis au pillage ainsi que les bagages du lieutenant Canrobert.

Quelques tirailleurs furent renvoyés pour réoccuper le poste, et, la campagne du commandant Bonnier contre el hadj-Bougouni et nos ennemis du nord ayant produit tout l'effet qu'on en pouvait attendre, les gens de Gombo n'osèrent plus rien entreprendre, mais la perception ne donna plus aucun revenu et notre garnison vécut péniblement. Depuis, les Sarra-kolès de Gombo n'avaient rien fait pour se faire pardonner le passé. Ils vivaient dans l'espoir qu'entretenaient leurs marabouts que jamais une colonne de blancs de quelque importance ne pourrait venir jusqu'à eux, et l'un de ces marabouts avait reçu 200 barres de sel (soit 6 à 7.000 francs) pour obtenir du ciel que je mourusse et il l'avait promis.

Ce n'est guère qu'à Gombo même que je sus à quoi m'en tenir sur tous les événements survenus de ce côté. Il n'y avait pas eu exaction de notre part et les quelques vexations commises, en somme fort légères, ne pouvaient justifier la conduite des gens de Gombo.

Musulmans fanatiques, travaillés par les envoyés d'Ahmadou, ils avaient fini par croire que nous ne resterions pas dans le pays, que nous ne viendrions pas à bout de Samory allié à Tiéba et Ahmadou et qu'Ahmadou pourrait revenir en maître.

C'était bien la guerre qu'Ahmadou nous avait déclarée de nouveau du côté de Sansandig et de Segou et qui avait néces-sité la belle campagne du commandant Bonnier en Juin 1892, qui s'était étendue tout le long de notre frontière nord, faisant la tache d'huile du Macina à Nampala et Sokolo avec el hadj-Bougouni et les Peulhs Boaros, à Segala notre grand canton nord du Bélédougou, aux Peulhs Sambourous ou Bolaros, aux Maures, aux gens de Gombo et aux Toucouleurs de Nioro.

. . . .

Les notables réunis, les turbans et les sandales enlevés, je leur reprochai durement leur conduite et leur imposai une amende en chevaux, or, argent ou guinée, représentant une cinquantaine de mille francs, puis j'ajoutai :

« El-hadj-Omar prétendait que les Markas (ou Sarrakolès) » sont comme un champ, et qu'il faut de temps à autre les » dépouiller de tous leurs biens, de même qu'on coupe les » épis quand on fait la récolte.

» Quand Ahmadou a pris Guigné, le village Marka, votre » voisin, par la trahison de la moitié des habitants, il a fait » comme faisait son père el-hadj-Omar ; pas une fille, pas une » femme mariée, pas un captif, pas un vêtement, ne fût laissé aux » Markas qui, nus comme des vers, fourmillant honteux dans leur » village, durent encore s'endetter vis à vis des gens d'Ahmadou » pour racheter une faible partie de leurs biens, pouvoir se » couvrir, vivre et recommencer à faire quelque commerce.

» Nous ne ferons pas comme les Toucouleurs faisaient avec » les gens de votre race.

» Quand vous aurez payé l'amende que je vous impose, » nous parlerons de l'impôt annuel et je le proportionnerai » à vos ressources, comme j'ai fait à Tuba, à Nyamina et en » tant d'autres villes de Markas qui vivent en bonne intelli- » gence avec nous et sont prospères.

» En attendant, je ne vous prends pas en traître, je vous » ai appelés hors de votre village pour que vous vous enten- » diez avec nous. Si vous ne voulez pas des conditions que je » vous impose, rentrez. Je vous les imposerai par la force. » A moins que vous ne m'attaquiez les premiers, nous, nous » n'attaquerons que demain matin.

» Mais réfléchissez que si un premier boulet est tiré, c'en » est fini de Gombo. Vous verrez par vous-mêmes ce que » c'est que la dispersion que vous demandez toujours à Dieu » pour nous. Les Maures, les Sambourous et les Bambaras » vous poursuivront et prendront ce qui aura pu nous échapper » et Gombo ne sera plus une ville Marka. »

Il n'y eut pas d'hésitation. Les gens de Gombo déclarèrent qu'ils étaient heureux d'en être quittes ainsi. Tout fût accepté, l'amende fût payée dès le lendemain et des conventions arrêtées pour l'avenir. Gombo devra payer un impôt de 6.000 fr., nourrir sa petite garnison, terminer et entretenir les constructions du poste. Diéri, qui est le moins coupable des notables de Gombo, est nommé chef de la ville à la place de son frère et touchéra 1/20 sur les perceptions de douane, à charge à lui de nous signaler et de nous aider à réprimer les fraudes.

Je reçus encore à Gombo bien des gens et bien des Maures de toutes les variétés.

Je ne citerai que :

Les Ould Embark disséminés, comme je l'ai dit, dans le Kinghui, le Bakhounou, le Kaarta-Biné et les pays voisins, depuis que, ruinés par les guerres qu'ils ont eu à soutenir contre el-hadj-Omar, privés de leurs chameaux et de leur bétail, ils ont dû demander des moyens d'existence à la culture et sont devenus plus ou moins sédentaires. Les Maures Arramans installés à Karonga au Nord-Ouest de Gombo, tributaires de Gombo et, par conséquent sous notre domination.-(1)

---

(1). Les Touaregs des environs de Tombouctou prétendant relever du sultan du Maroc, il peut être intéressant de rappeler ici quelles ont été les relations du Maroc avec les pays qui relèvent aujourd'hui du Soudan Français.

Les Rouma, improprement appelés Arramans au Soudan, descendent des Marocains. El Rouma signifie en arabe l'archer, le lanceur, celui qui jette des projectiles, ce nom a été donné aux Marocains qui étaient armés de fusils. En l'année 956 de l'hégire (1578-1579 de notre ère) le sultan du Maroc Moulei Ahmed el Kébir demanda au chef de Tombouctou Askian el hadj Mohamed de lui céder la mine de sel de Taraze située à deux journées de marche de Taodenni. Askian refusa, et pour affirmer son refus, il envoya 2.000 Touaregs piller les villages frontières de la province du Draa marocain. Les Touaregs revinrent chargés de butin, mais le sultan du Maroc fit aussitôt attaquer Taraze. Le chef qui y commandait au nom du sultan Sonrhaï, Askian, fût tué et la mine occupée par les Marocains.

Quelque temps après, les Touaregs reprirent Taraze et en chassèrent les Marocains.

Le sultan Moulei Ahmed el Kébir étant mort, (988 de l'hégire) son frère qui lui succéda, Moulei Ahmed el Dehebi voulant arriver pacifiquement au résultat désiré, envoya de riches cadeaux à Askian pour lui annoncer son avènement et lui demanda la cession, pour une année

En route de Segou à San.

.... Le 5 Avril (19 kilomètres) nous traversons quatre ou cinq villages et venons camper à Semesso. Le terrain est toujours parfaitement cultivé à droite et à gauche du sentier, c'est la plupart du temps de grands champs qui s'étendent à perte de vue.

---

seulement, de la mine de Taraze. Askian accepta les cadeaux, en renvoya d'autres, mais d'une valeur bien moindre, et refusa la cession de Taraze.

Le sultan Moulei entra dans une violente colère, il ordonna au pacha el Hadrani de partir avec 5.000 hommes, de se diriger sur la ville d'Oudan, dans le Tagant, qui faisait alors partie du grand empire Sonrhaï, et de marcher ensuite sur Tombouctou en suivant le Niger.

El Hadrani arriva jusqu'à Tagant, mais là, assailli par les Maures, manquant de vivres et d'eau, sa troupe fut mise en déroute et lui-même fut tué; son tombeau se voit encore dans le Ksar de Attar (Adrar).

Les Marocains qui ne trouvèrent pas la mort dans cette expédition furent faits prisonniers par les Maures et ce sont les descendants de ces prisonniers qui sont aujourd'hui réunis à Karouga où sous le nom d'Arramans ils forment une agglomération assez nombreuse.

A la suite de cet insuccès, Moulei Ahmed el Dehebi envoya 200 hommes pour occuper Taraze; à leur approche les habitants s'enfuirent et la mine de sel fût occupée sans combat.

Les gens de Tombouctou creusèrent alors une autre mine plus à l'Ouest, au point appelé aujourd'hui Taraze er Rezelan (Taraze des Gazelles) et peu après les Marocains abandonnèrent Taraze et rentrèrent à Merakeuch.

Mais en 999 de l'hégire on apprit à Tombouctou que le sultan du Maroc avait fait partir de Merakeuch une armée de 3.000 fantassins et 500 cavaliers sous les ordres du pacha Djoudar et qu'elle se dirigeait sur Tombouctou en passant par Araouan.

Le prince Sonrhaï, Askian el hadj Mohamed, étant mort, l'un de ses parents, Askian Ishac qui lui avait succédé, réunit une armée pour résister aux Marocains.

Le pacha Djoudar pour traverser le désert, avait divisé sa troupe en 10 groupes commandés chacun par un caïd. Il atteignit Araouan où il séjourna quelque temps pour réunir tout son monde, puis se porta sur le Niger vers Ras el Ma. Il rencontra l'armée d'Askian Ishac forte de plus de 10.000 hommes cavaliers et fantassins à Tenkedena, tout près de Tendebi, le 27 du mois de Djoumada de l'année 999.

Les Sonrhaï furent mis en déroute.

Le pacha Djoudar occupa Tombouctou sans résistance et étendit sa domination jusqu'au Macina et à Dienné où il mit une garnison.

L'occupation du pays de Tombouctou par les Marocains dura 110 ans. Ils furent alors chassés par un prince Peulh ou Foulbé dont je ne connais pas le nom. (D'après Caron, les Marocains furent chassés par les Touaregs qui eux-mêmes furent chassés par le Peulh cheick Ahmadou vers 1826).

Beaucoup de Marocains, effrayés par la grande distance qui les séparait de leur pays et s'étant créé des familles dans les lieux de garnison qu'ils occupaient, renoncèrent à l'idée de retour et s'établirent soit à Tombouctou soit à Dienné où, comme à Karouga, ils forment des agglomérations assez importantes et sont connus sous le nom de Arramans.

Autour des villages, souvent, de petiles levées de terre, servent à retenir les eaux à la fin de l'inondation d'hivernage et à prendre le poisson.

On voit des troupeaux de bœufs près des villages. Les tatas sont moins épais, moins hauts, plus mal entretenus que dans le pays que nous venons de traverser. Les habitants diffèrent beaucoup d'ailleurs; ici, ils sont moins sauvages et, de tout temps, se sont montrés dociles.

Le Bondougou, administré par Yoro pendant 25 ans, pour le compte d'Ahmadou, ne s'est jamais révolté, bien que les Toucouleurs en aient tiré des quantités considérables de grains. Yoro s'était rallié à nous et ce n'est que tout dernièrement qu'il a dû cesser ses fonctions et fuir vers Ségou en abandonnant toute sa famille, quand les bandes d'Ahmadou sont revenues du Macina pour attaquer Sansandig et Ségou.

On vient à nous avec empressement. Toute la journée de nombreux villages envoient saluer et offrent des paniers de grains, des poulets et des moutons. Evidemment, par ici, on tient avant tout à la paix et à se sentir protégé.

6 Avril (17 kilomètres) Solosso. Chemin faisant, nous regardons curieusement les villages que nous traversons et qui sont habités par des Bambaras, des Markas, des émigrés du Mossi, des Peulhs ou des Bobos.

Dans tout le Soudan, j'avais vu cuire les poteries au grand feu de flammes à l'air libre. Ici il y a de véritables fours construits près des villages et dans lesquels on empile les vases et ustensiles en terre crue.

Aux portes des villages, une pyramide en terre de la hauteur d'un homme, de forme très régulière, tronquée à sa partie supérieure, sert à sacrifier des poulets et à offrir du lait aux divinités du lieu.

Souvent, presque toujours, à côté d'un village, se trouve un petit mamelon de forme régulière et couvert de verdure et d'arbres, comme une butte faite de mains d'hommes au milieu de la plaine. Sans doute là s'élevait l'ancien village quand, rendu inhabitable par suite de l'élévation des détritus et immondices de toute sorte, on a dû le reporter un peu plus loin. Parfois on voit de ces mamelons en formation, ils s'élèvent aux portes des villages, se soudent aux murs, à droite et à gauche de la porte par laquelle on n'entre plus qu'en passant dans une sorte de corridor extérieur dont les parois sont déjà plus hautes que la muraille du village.

Nous connaissons déjà les villages des Bambaras et des Markas qui se ressemblent. Ceux des Peulhs se composent d'un mélange de cases Malinkés aux parois en terre et aux toits de chaume et de huttes tout en paille. Ceux des Mossi sont à peu près semblables à ceux des Peulhs avec une plus grande abondance de nattes pour former clôtures ou abris contre le soleil. Les villages des Bobos diffèrent de tous les précédents. Le Docteur Crozat a donné leur description dans ses relations de voyage à Bobo-Dioulassou et à Ouagadougou. Nous retrouvons là les cases en terre à demi enterrées. Il faut descendre quelques marches pour y entrer ; par contre, on se hisse facilement du sol sur les terrasses.

Ces braves Bobos ! La plupart de nos tirailleurs indigènes, tout comme nous-mêmes, voyaient des Bobos pour la première fois et tout le monde dans la colonne les traite cependant tout de suite comme de bons amis.

Ils viennent au devant de nous, tout nus ou plutôt ayant des vêtements comme il y en a par centaines dans un seul tiroir d'un de nos bandagistes ou de nos pharmaciens. A leur ceinture sont suspendus deux ou trois gros glands à franges qui leur battent les genoux, et ils ont généralement quelques colliers au cou.

Ils se mettent en quatre pour fournir tout ce que nous leur demandons, ils vont et viennent vingt fois du camp à leur village, ils nous regardent avec curiosité, l'air tout confiant, et se mettent à rire aux éclats pour des riens ; tout les étonne, les plus petits cadeaux qu'on leur fait provoquent des joies d'enfants et ils examinent curieusement notre monnaie en se demandant à quoi cela peut bien servir.

Ils sont bâtis en hercules. Ce sont, paraît-il, les véritables autochtones, ils ont vu passer toute espèce de conquérants et n'ont pas compris grand chose à ce qui se passait autour d'eux.

Bons et hospitaliers, ils ont donné tout ce qu'on leur demandait. Ils ne savent même pas ce qu'ils donnent. Les percepteurs de San ou de Dienné viennent souvent dans leurs villages, ils y prennent tout l'approvisionnement de grains qu'ils y trouvent. Les Bobos semblent estimer cela tout naturel, ils ont laissé faire, mais ils ont, sans doute, établi quelque cachette pour n'être pas exposés à mourir de faim.

Tant qu'on ne leur a pris que ce qu'ils possédaient, ils n'ont pas résisté et il était admis, chez les Bambaras et les Peulhs qui ont occupé le pays, qu'il n'y avait pas de meilleur parti à tirer d'eux que de les laisser cultiver, là où on les avait trouvés, et de leur prendre les récoltes, puisqu'ils se laissaient faire avec tant de bonne volonté. Mais quand les Toucouleurs sont arrivés à leur tour, les biens des Bobos n'ont pas suffi, ils ont voulu les prendre eux-mêmes comme captifs et les vendre.

Les Bobos ont alors résisté à leur manière ; les captifs se laissaient mourir ou, plus souvent, profitant d'un moment où ils n'étaient pas surveillés, ils s'étouffaient en avalant et reniflant de la terre et du sable. A force de résignation, ils ont désarmé les Toucouleurs eux-mêmes qui ont renoncé, eux aussi, à en faire des captifs.

Et cependant, si les Bobos ne se mettent jamais en route pour une expédition, s'ils ne se déclarent jamais les partisans de quelqu'un et ne veulent pas quitter leurs villages, ils n'en sont pas moins braves.

Au moment de la prise de Ségou, le fils d'Ahmadou, Madani, se sauvant devant nous, entre dans un village Bobo,

sûr d'y trouver l'hospitalité bien que n'ayant jamais eu à faire
à eux, si ce n'est peut-être pour les razzier. Les Bobos le
reçurent. Les Bambaras, lancés à sa poursuite, arrivèrent, on
leur ferma les portes du village, puis on se défendit, les Bobos
se firent tuer, et ce n'est que quand Madani, s'étant reposé et
voyant que le village ne pourrait plus résister longtemps, fût
remonté à cheval et se fût esquivé, que les Bobos ouvrirent
leurs portes. Ils avaient sauvé un de leurs pires ennemis,
sans bien savoir pourquoi; parce qu'il était arrivé le premier;
comme ils auraient fait pour un Bambara poursuivi par des
Toucouleurs. Madani eut là un de ses frères tué et plusieurs
des cavaliers qui fuyaient avec lui, mais il put rejoindre son
père à Nioro.

Dans l'après-midi, l'Almamy de San qui a reçu ma lettre,
m'envoie saluer. Son émissaire est porteur des lettres que
j'ai échangées avec l'Almamy depuis 1888 et du traité Monteil.
Il me remercie vivement de lui avoir écrit.

Jusqu'à ces derniers jours, on avait cru, paraît il, dans le
pays, en apprenant que nous nous dirigions vers le Sud-Est,
et que nous allions à M'Pésoba, que de là nous irions à
Sikasso. Ça a été une grande surprise quand on a su que
M'Pésoba et tout le Minianka avait fait sa soumission et que
nous étions à Fani marchant vers le Nord. La panique s'est
mise dans le village de San. Beaucoup des habitants dont se
compose sa population cosmopolite ne se sentaient pas la
conscience très tranquille à notre égard.

En quelques instants, ça a été un sauve qui peut général
et la ville est restée déserte.

Puis ma lettre est arrivée (1) l'Almamy a parcouru les
environs, l'a montrée partout, s'est fait fort de nos anciennes

---

(1) Colonel Archinard à l'Almamy de San. Je voyage dans les pays qui obéissent aux
blancs pour assurer la sécurité des routes et du commerce et empêcher les pillages de recommencer. Je suis l'ami de l'Almamy de San, j'ai vu son fils il y a quatre ans à Bamako, j'irai
saluer l'Almamy de San, en passant, pour renouveler notre amitié. Je viens en ami comme un

relations pour répondre de l'avenir et a fini par faire rentrer tout le monde au village.

Le lendemain 7 Avril (18 kilomètres), quand nous arrivons à San, après avoir traversé de nombreux villages, riches en troupeaux, nous trouvons la ville toute calme et rassurée.

L'Almamy vient au devant de nous, escorté de cinq cavaliers et d'une foule à pied.

Tout ce qui nous est nécessaire a été remis aux spahis d'avant-garde dès qu'ils l'ont demandé et on a construit pour nous des gourbis en paille dans lesquels nous bivouaquons tout près de la ville au milieu d'une plaine où les nettés et les rôniers ne donnent que fort peu d'ombre. La ville a bel aspect et semble très étendue, construite en gradins sur les flancs et le sommet d'une petite colline. L'Almamy nous accompagne jusqu'au campement et rentre chez lui. Personne n'est plus effarouché de notre présence, le marché présente beaucoup d'animation et nos officiers et nos tirailleurs s'y promènent sans qu'aucun incident fâcheux s'y produise. Des femmes et des enfants viennent vendre diverses denrées du pays jusque dans le camp.

San est un marché qui reçoit de Dienné les objets d'échange et surtout le sel qu'il répand ensuite dans toute la boucle du Niger.

La chute de Sansandig ruiné par Ahmadou, bien que lui ayant résisté victorieusement, a été une cause de prospérité pour San, et cela de deux façons.

Dienné n'était guère qu'un entrepôt entre Tombouctou et San et Sansandig. Les Diennankès, suivant le Niger ou le Bani,

---

chef blanc qui voyage, que personne ne prenne peur, je ne ferai de tort à personne chez l'Almamy de San, et je paierai tout ce que je demanderai.

Je demande que l'Almamy de San fasse préparer 3.000 moules de niellé pour mes hommes et 2.000 moules de mil pour mes chevaux (Le niellé est du mil et du maïs concassé, le moule dit d'el hadj en usage dans le pays est une mesure qui équivaut à 2 k. 500 pour le mil, 2 k. 800 pour le riz décortiqué et 2 k. 100 pour le riz non décortiqué).

ne portaient pas au-delà ce qu'ils allaient acheter à Tombouctou. Toutes relations commerciales supprimées entre Dienné et Sansandig, San accapara tout le commerce. De plus, les gens de Sansandig, craignant qu'Ahmadou ne revint les attaquer, émigrèrent, et beaucoup vinrent se fixer à San d'où leurs pères étaient peut-être partis pour aller fonder Sansandig. (1)

Mais si San est un grand marché, c'est aussi un véritable mont-de-piété pour toute cette région.

Des gens de toutes races, arrivant de tous les côtés et de fort loin, y viennent emprunter quelques ressources quand ils sont dans l'embarras, mettant en gage, s'ils ne les vendent pas, leurs chevaux, leurs armes, leurs captifs, leurs femmes même.

Les sofas besogneux tenant leurs chevaux et leurs armes de quelque grand chef, venaient s'en défaire à San, quittes à raconter ensuite quelque bonne histoire à Tiéba ou à Mademba pour s'en faire donner de nouveaux.

Les fusils vendus à San provenaient surtout du Kénédougou mais il paraît que depuis l'avénement de Bemba on n'en apporte plus que très peu.

L'Almamy revint me voir dans l'après-midi et l'entretien fût fort long. Je ne pouvais m'adresser mieux pour avoir des renseignements et pour connaître dans quel état d'esprit je trouverais les gens sur ma route, qu'à ce chef d'un grand village de marchands qui reçoit les nouvelles de tous côtés. L'Almamy me rappela d'abord que son père avait été en bonnes relations avec nous depuis notre arrivée à Bamako en 1883, qu'il avait envoyé son fils à moi-même en 1889, qu'il avait reçu avec égard tous nos envoyés de Ségou, entre autres le lieutenant Spitzer et plus récemment encore le capitaine Monteil. Pour lui, chef de marchands, il ne demandait qu'une chose,

_____

(1) San, le sanié, l'enclos; Sansandig, le petit sanié, le petit enclos.

avoir un maitre assez fort pour empêcher les pillages et assurer la sécurité des routes.

Nous apprenons de lui qu'Haoudi, un chef d'une certaine puissance à l'Est de San, dont le résident de Sansandig m'avait déjà beaucoup parlé, avait attaqué Ali-Kari (dont parle le Docteur Crozat) dans un de ses villages, et l'avait battu, mais que, peu après, Ali-Kari avait pris sa revanche dans un combat en rase campagne. Cependant cette défaite ne compromettait pas la puissance d'Haoudi sur qui les gens de San comptaient pour les protéger contre Ali-Kari qui est encore à neuf journées de marche.

Sans doute même, et c'était aussi la croyance dans le Macina quand nous y sommes arrivés, Ali-Kari n'arrivera-t-il jamais à être véritablement grand, car il n'a guère que des Markas et des gens du Mossi sous ses ordres et lui-même est un Marka.

Quand à Mamadou Abdoul, le chef des Peulhs qui ont résisté à la domination toucouleure, il avait quitté Fion, sa résidence habituelle, pour se rendre à Touka. En perpétuel désaccord avec ses frères, les gens de San ne le regardaient pas comme très dangereux. Il y avait peu de temps qu'il avait envoyé des chevaux en cadeau à Tiéba et lui avait demandé son aide pour faire rentrer ses frères dans l'obéissance.

Tiéba avait reçu les chevaux et avait envoyé une colonne à Fion, mais ceux qui la commandaient avaient accepté des cadeaux des frères de Mamadou Abdoul, s'étaient entendu avec eux et étaient repartis dans le Kénédougou sans avoir rien fait.

Ahmadou, lui, ne semble pas très sûr du lendemain et s'il fait faire des expéditions et des razzias, il n'en achète pas moins quantité d'ânes et de peaux de bouc pour être toujours prêt à s'enfuir de Bandiagara. Les Peulhs du Konaré, au nord de Dienné, ne savent ce qu'ils veulent, tantôt ils déclarent qu'ils ne veulent que d'Ahmadou, tantôt ils appellent à eux son ennemi, Mamadou Abdoul, mais dernièrement ils ont refusé de répondre aux demandes d'Ahmadou en lui faisant dire qu'ils ne reconnaissaient plus un chef qui était toujours prêt à se sauver.

Mais disait l'Almamy, si on ne peut prévoir ce que seront les Toucouleurs, on peut être sûr que les gens du Konaré et de Dienné ne se battront pas contre les Français.

Les gens de Dienné sont comme ceux de San, ils ne demandent que la possibilité de commercer en toute sécurité et ne feront pas la guerre.

De leur côté, les Toucouleurs ne cessent de se quereller. Les Toucouleurs du Macina reprochent à ceux qui sont venus de Nioro avec Ahmadou, de s'être sauvés devant les Français et d'être arrivés chez eux comme des mendiants. Les Toucouleurs de Nioro prétendent que ceux de Macina n'auraient pas fait mieux qu'ils n'ont fait eux-mêmes et leur prédisent des défaites semblables aux leurs si nous marchons contre eux. L'Almamy nous raconta comment notre envoyé Daouda, parti de Sansandig, avait été arrêté à Dia, il y avait peu de temps, et comment on l'avait transporté jusqu'à Dienné cousu dans une peau de bœuf. De là, Alpha Moussa, le chef de la garnison Toucouleure, avait voulu l'expédier à Bandiagara à Ahmadou, mais Ahmadou avait donné l'ordre de n'en rien faire et de le jeter au feu. Le supplice avait eu lieu à Dienné.

Depuis longtemps (nous le savions déjà), Ahmadou faisait faire des cérémonies de sorcellerie sur le Niger, par où il s'attendait à nous voir arriver, il avait fait déposer dans une île, un âne habillé d'une blouse et d'un pantalon, coiffé d'un chapeau et attendait de bons résultats de cette précaution.

De mon côté, après avoir interrogé encore tous ceux qui pouvaient donner des renseignements utiles, je pensais qu'il était temps, pour nous faire des partisans et voir clair dans la situation, de dire enfin ce que nous voulions ; la possibilité d'une résistance sérieuse à Dienné, devenait pour moi de plus en plus improbable et sachant que tout ce que je dirais à San serait vite connu de tout le monde, j'annonçai à l'Almamy que j'irais à Dienné, que j'irais en ami, certain que nous y serions bien reçus, puisque nous ne voulions que rendre les routes libres et faire cesser les pillages, que je considérais Aguibou comme le seul chef de la famille d'el-hadj-Omar et que, s'il le fallait pour avoir la tranquillité, nous chasserions Ahmadou de Bandiagara pour y mettre Aguibou à sa place.

Je déclarai que nous ne voulions pas des pays qui se trouvent à l'Est, que nous n'avions rien à y faire, mais que nous entendions que tout le fleuve Niger soit à nous ou à nos amis.

Mon parti était pris, nous irions au moins jusqu'à Mopti pour y installer Aguibou et l'aider dans la lutte contre Ahmadou.

En route de San à Mopti

...... A 9 heures du matin, le 11 Avril, après une étape de 24 kilomètres, nous arrivons devant Dienné pendant qu'à notre droite, à notre gauche et derrière nous s'allument les grandes herbes sèches dont la plaine est couverte, sans que nous puissions nous expliquer ni par qui ni pourquoi ces incendies qui ne peuvent nous inquiéter à la distance où nous en sommes, sont allumés.

La colonne prend position devant Dienné à environ 400 mètres du mur d'enceinte.

Les portes sont fermées, personne ne se montre en dehors des murs, personne ne vient à nous.

Dienné qui peut avoir une population de 10 à 12.000 âmes, est une grande ville de 4 kilomètres de circonférence, construite sur une colline d'une dizaine de mètres de hauteur aux points les plus élevés. Un mur d'enceinte crénelé, en terre, percé de nombreuses portes, court tout le long de la crête de la colline.

Au pied du talus, une espèce de rivière qui n'a qu'une dizaine de mètres de largeur en quelques endroits, mais dont la largeur moyenne est de 30 à 40 mètres, fait le tour de la ville. Elle n'est guéable qu'en quelques points, en face des portes principales, et on ne peut entrer à pied dans la ville qu'en franchissant cette rivière avec de l'eau jusqu'aux genoux au moins.

Un grand bassin, profond, et à bords très raides, auquel notre droite était appuyée, communique avec la rivière circulaire de Dienné et se prolonge par un marigot jusqu'au Bani.

De l'autre côté, un autre marigot prolonge la rivière de Dienné jusqu'au Niger.

De grands chalands d'une 20ᵐᵉ de mètres de longueur, en planches cousues avec des lanieres de cuir, pontés avec des entretoises qui supportent des peaux de bœufs tendues, peuvent arriver du Niger et du Bani jusqu'à Dienné même, au moment de l'inondation. A notre arrivée, il n'y avait sous les murs de Dienné que quelques-uns de ces chalands en réparation, mais une flottille toute chargée de marchandises était sur le Bani prête à partir pour Tombouctou.

Les maisons de Dienné ont généralement un étage, quelques unes en ont deux. Bien qu'en briques de terre séchées au soleil, elles sont suffisamment spacieuses et confortables, on y trouve certaine recherche d'architecture. Les escaliers sont commodes et donnent accès sur les terrasses. La grande mosquée dont parle René Caillé n'existe plus mais ses ruines forment un ensemble imposant. Les rues sont larges, les places nombreuses.

Les officiers de la colonne qui avaient été en Tunisie disent que Dienné ressemble à Kérouan, nos noirs la comparaient à Saint-Louis.

Pour moi, c'est la ville la plus riche et la plus commer-çante que j'aie vue au Soudan, c'est celle qui, pour un

Européen, ressemble le plus à une ville, et elle diffère abso-
lument des autres grands centres noirs qui nous sont déjà
familièrement connus, Sansandig, Ségou, Nyamina sur le Niger
Touba, Banamba dans le Bélédougou, ou quelques grands villages
au Sud de Siguiri comme Nora ou Couroussa qui ont une
surperficie égale ou même supérieure à celle de Dienné.

Je pense même que Dienné qui, bien qu'éloignée de la mer,
a cependant donné son nom au golfe de Guinée sur les bords
duquel elle envoyait ses commerçants et ses marchandises, est
la ville la plus importante de tout le Soudan Français et des
pays voisins.

René Caillé disait bien, il est vrai, qu'il ne fallait plus considérer Dienné comme le point central du commerce du Soudan
et que c'était Nyamina, Sansandig et Bamako (aujourd'hui à
nous) qui en étaient les véritables entrepôts où venaient les
Maures de toutes les parties du désert et les nègres depuis le
pays de Kong jusqu'à ceux de Galam, du Boudou et du Fouta
Diallo. Mais, au moment où René Caillé était à Dienné, la
guerre, comme il le fait remarquer lui-même, entre le Macina
et les Bambaras de Ségou interceptait les communications sur
le Niger en amont de Dienné et faisait grand tort au commerce
de cette ville.

Un an plus tard, pendant le séjour qu'il fit à Tombouctou,
René Caillé déclare qu'on ne voit pas à Tombouctou comme à
Dienné, ce grand concours d'étrangers venant de tous les pays
du Soudan et que « le marché de Tombouctou* est presque
» désert en comparaison de celui de Dienné. »

Les gens du Touat, du Talifet, se rencontrent à Dienné
avec les noirs venus d'Egypte et de tous les points du Soudan.

Pendant que les troupes prennent les places qui leur sont
désignées, que le convoi forme le parc et qu'on fait boire les
animaux, j'envoie un homme d'un des villages voisins qui nous
a servi de guide porter mes paroles aux gens de Dienné qu'on
voit en armes sur les murailles.

Il est chargé de demander si on a reçu la lettre que j'ai envoyée par l'intermédiaire de l'Almamy de San, d'en répéter le contenu, d'engager les gens de Dienné, quel que soit leur sentiment, à venir me parler en leur assurant toute sécurité quand bien même ils ne pourraient s'entendre ni avec moi ni avec Aguibou.

Notre parlementaire s'avance jusqu'au pied du mur, nous le voyons causer avec les défenseurs de la place qui de temps en temps le menacent de leurs javelots ; instinctivement il se recule alors un peu, nous voyons les retraits brusques de son corps, puis il s'avance de nouveau et continue à parler. Deux ou trois fois même, la porte de la ville s'est entrebâillée et il cause avec des gens qui sont à l'intérieur, mais au bout d'un quart d'heure il revient vers moi. Les gens de Dienné ne se sont rendus à aucune de ses raisons, ils n'ont rien voulu entendre, des marchands lui ont déclaré qu'ils n'avaient rien à dire et que c'était à Alpha Moussa qu'il fallait s'adresser.

Alpha Moussa n'a pas paru, mais les Sofas ont prétendu qu'ils étaient chargés de défendre les marchands et que c'était aux marchands qu'il fallait parler.

A la fin, tout le monde lui a déclaré qu'il n'avait qu'à repartir au plus vite, qu'on ne voulait ni des blancs, ni d'Aguibou, ni de qui que ce soit qui ne fut pas l'ami d'Ahmadou, que si nous essayions de pénétrer dans la ville on se sentait assez fort pour nous résister et que si nous nous en allions on nous détruirait dans la plaine, les incendies avaient été allumés pour que les hautes herbes ne puissent nous protéger contre les coups en nous dérobant à la vue.

Je cherchai un second parlementaire, et promis une forte récompense, mais tous les noirs qui se trouvaient là ayant vu les menaces qui avaient été faites au premier envoyé, connu pourtant des gens de Dienné, personne ne se présenta. Enfin Aguibou décida un autre noir du village voisin de Touara à retourner parlementer. Je le chargeai de dire aux gens de

Dienné qu'on pouvait toujours se fier à la parole d'un chef blanc qui ne pouvait y manquer sans se déshonorer lui-même aux yeux des autres blancs, qu'il devait y avoir malentendu entre nous puisque toutes les paroles qui m'étaient venues de Dienné m'avaient fait croire que nous y serions bien reçus que si je n'usais pas tout de suite de la force après leur premier refus de parlementer, ce n'était pas que je crûsse Dienné capable de nous résister, mais seulement pour épargner la ville et la population de marchands, aimant mieux traiter que de détruire et laisser piller, que si enfin ils continuaient à ne rien vouloir entendre je commencerais aussitôt à tirer le canon qu'évidemment ils ne connaissaient pas encore, mais que je ne ferais tirer que dix coups et m'arrêterais ensuite quelque temps pour permettre de venir parlementer si on avait alors changé d'idée et qu'il suffirait d'agiter les burnous pour nous avertir et pouvoir venir vers nous en toute sécurité.

Le second parlementaire n'eut pas plus de succès que le premier et revint beaucoup plus vite.

Aguibou qui était près de moi quand ce parlementaire me rendit compte de sa mission ne pouvait en croire ses oreilles. « C'est impossible, disait-il, que des marchands parlent ainsi, » les gens de Dienné, par métier même, obéissent toujours au » plus fort. Il doit y avoir quelque malin là-dedans qui sait » bien que tu entreras, mais qui veut te faire dépenser ta » poudre pour que tu ne puisses pas aller plus loin après. » Ne commence pas à tirer le canon, une fois que c'est com- » mencé on ne peut plus s'arrêter. Il faut renvoyer encore » quelqu'un pour leur dire qu'ils ne sont pas plus forts que » les gens de Ségou, de Nioro et que tous les Toucouleurs » d'Ahmadou que tu as battus. Il ne faut pas gâter la ville. »

Evidemment Aguibou aurait voulu nous voir occuper la ville sans combat et que nous la lui donnions comme fief avec toutes ses richesses. Le pillage qu'il prévoyait c'était dans sa pensée, son propre bien qui allait se trouver diminué. Je lui répondis qu'il avait entendu comme moi la réponse des gens de Dienné, qu'après cela, un colonel français ne pouvait pas demander plus longtemps la paix, que d'ailleurs je ne trouverais plus de parlementaire, que plus je demanderais la paix maintenant, plus les Diennankès croiraient que c'est par faiblesse et plus ils voudraient la guerre et que, quant à nos munitions, il pouvait se rassurer, nous en avions assez pour prendre Dienné et bien d'autres villes s'il le fallait. Ceci n'était malheureusement pas exact, et je regrettais bien alors de ne pas avoir nos pièces de 95 ni un plus grand approvisionnement de 4 R. de montagne, car les obus de 80 de montagne font peu d'effet contre les fortifications des noirs.

Aguibou insista, il se fit fort de trouver un troisième parlementaire et il le trouva. Il lui raconta lui-même ce qu'il faudrait dire, je n'intervins que pour ajouter de ne pas oublier de déclarer que ce parlementaire n'était plus envoyé par moi, mais bien par Aguibou qui m'avait instamment demandé d'épargner les gens de Dienné.

Le parlementaire partit et revint bientôt, après n'avoir échangé que quelques paroles avec les gens perchés sur les murs. Il rendit compte à Aguibou qui me déclara qu'il n'y avait plus moyen de compter résoudre pacifiquement les choses.

Je fis ouvrir le feu avec nos quatre pièces. On nous répondit par des chants et des coups de fusil quand quelqu'un des nôtres s'approchait assez près de la ville pour que les défenseurs se crûssent des chances de l'atteindre.

La moitié des spahis partent en reconnaissance et font le tour de la ville, appuyés par une compagnie de tirailleurs qui stationne auprès du marigot allant vers le Niger et qu'il faut traverser à gué.

Sur la face de Dienné qui nous est opposée, quelques coups de fusil sont tirés sur des gens qui rentrent dans la ville; des cavaliers qui venaient des villages voisins à la rescousse font demi-tour et s'en vont.

À 1 heure de l'après-midi, 44 obus avaient été tirés sur la ville dans la direction des places, des casernes et des maisons qui nous semblaient les plus importantes où sur lesquelles se montraient des groupes armés.

Je pensais encore, comme à Kontiéri, que la nuit porterait conseil, je me décidais à tirer très lentement jusqu'au lendemain matin, à ne rien faire jusque-là, ce qui, en même temps, permettrait aux troupes de se reposer avant de combattre, dans le cas d'un assaut à donner.

Dans l'après-midi, de une heure à trois heures, les spahis qui n'avaient pas été en reconnaissance le matin partent à leur tour et font encore faire demi-tour à des groupes de cavaliers qui se dirigeaient vers Dienné venant de directions différentes. Ils ramènent un prisonnier mais nous ne pouvons pas en tirer un seul renseignement de quelque importance.

Quelques instants après, Aguibou envoie à l'état-major un Bambara Massassi, captif de gens de Dienné, qui a pu s'évader et qui est venu le trouver.

Interrogé, ce captif raconte que la veille au soir encore, les gens de Dienné étaient décidés à ouvrir leurs portes aux Français et à les bien recevoir, mais qu'Alpha-Moussa avait lu en public une lettre d'Ahmadou dans laquelle Ahmadou déclarait que ni lui ni son fils Madani ne viendrait au secours de Dienné, mais qu'il y avait envoyé les gens les plus braves et qu'il comptait sur Dieu et sur tous ses fidèles pour bien se défendre et battre les Français.

Alpha-Moussa, la voix pleine de larmes, avait déclaré aux Diennankès qu'il savait bien qu'ils voulaient trahir et le leur avait amèrement reproché. On s'était beaucoup disputé et enfin les Diennankès avaient fini par jurer qu'ils se défendraient ; d'ailleurs, ajoutait le Bambara, ils croient la ville imprenable parce qu'ils ont résisté aux attaques des Maures (?) du temps de Kango-Moussa et plus récemment encore avec son fils Alpha-Moussa.

Le tir du canon est continué, tantôt très lentement, tantôt par petites séries de coups très rapprochés.

Le carré est formé pour la nuit, les deux grands côtés sont couverts, l'un par le grand bassin que nous avons à notre droite, l'autre par le parc des petites voitures Lefebvre du convoi.

Le tir a été repéré. La nuit est très noire ; sauf quelques alertes, elle se passe sans incident et après une journée fatigante passée toute entière au grand soleil, sans que le plus petit arbre puisse donner de l'ombre, on peut dormir.

Toute la nuit les pièces de 80 tirent des obus à balles et des obus à mitraille avec les fusées à temps. Ils éclatent au-dessus de la ville et y font beaucoup de mal, mais les cris des griots ne cessent de retentir, nous entendons leurs chants, ce sont des imprécations contre nous, puis ils rappellent les hauts faits des anciens rois Peuhls du Macina et surtout ceux de leur grand guerrier Ahmadou-Ahmadou. Chose bizarre il n'est jamais question d'Ahmadou, ni de son père, El-Hadj-Omar, ni de Tidiani.

Dès la pointe du jour, le 12, à cinq heures et demie, les quatre pièces sont mises en batterie à 300 mètres de la porte principale où j'ai décidé de faire brèche après m'être rendu compte, autant que possible, des dispositions des rues et des places d'après ce que nous voyions et d'après ce que disaient les noirs qui connaissaient Dienné.

Le tir en brèche se poursuit jusqu'à dix heures.

A ce moment la porte est démolie, une belle brèche d'une vingtaine de mètres est pratiquée à sa gauche, et une autre plus petite à droite. Le mur d'enceinte est ruiné sur plusieurs points voisins des brèches. Les pièces de 80 tirent sur la ville dans diverses directions qui sont successivement indiquées, sur les points où nous supposons des rassemblements et principalement sur les maisons voisines de la brèche où une résistance pourrait s'organiser.

Des tireurs choisis répondent aux coups de fusil qui partent, soit des murs, soit des terrasses des maisons. A plusieurs reprises, nous voyons des groupes nombreux sortir des maisons voisines de la porte principale, et courir à toutes jambes en passant devant les brèches pour aller chercher la protection de quelque mur ou de quelque maison. L'ennemi ne tire plus. Une section de la compagnie soutien de l'artillerie est envoyée vers la partie sud-ouest de la ville pour reconnaître si les habitants sont toujours disposés à se défendre. Elle s'avance lentement sous les ordres du lieutenant Babonneau jusqu'à une centaine de mètres des murs, mais elle a trois tirailleurs blessés, je lui envoie l'ordre de revenir en arrière et elle rentre après avoir riposté par quelques feux de salve.

A neuf heures et demie je réunis les six officiers commandant les compagnies de tirailleurs et les officiers de l'état-major.

L'assaut sera donné par trois compagnies.

J'explique le rôle de chacune d'elles. Nous sommes à peu près en face du milieu de la ville. A notre droite se trouvent les quartiers plus spécialement occupés par la population marchande bien que toutes les portes soient gardées par des sofas. A notre gauche : les maisons d'Alpha-Moussa, de ses sofas et des Toucouleurs de la garnison. Les efforts doivent se porter de ce dernier côté. La première compagnie qui entrera devra pousser droit devant elle, en détachant des groupes à l'entrée des rues pour séparer ainsi la ville en deux et empêcher des secours d'arriver de la droite à la gauche.

La compagnie qui suivra se tiendra sur la gauche de cette première compagnie et la reliera à la troisième qui doit s'emparer du pourtour intérieur de la ville en tournant tout de suite franchement à gauche.

Si l'on se heurte à quelque réduit défendu, de l'artillerie sera envoyée dans la place quand il y aura lieu.

Au moment de l'assaut les pièces se rapprocheront encore du mur d'enceinte pour pouvoir prolonger le tir le plus longtemps possible et soutenir la colonne d'assaut.

Le feu cessera avant que la colonne atteigne la brèche et il ne sera pas repris pendant tout le temps que durera le combat. Les tirailleurs, encore peu habitués à l'action simultanée de l'infanterie et de l'artillerie, doivent en être prévenus.

Toutes les recommandations de détail ayant été faites, il ne restera, au moment où le Commandant supérieur croira devoir donner l'assaut qu'à désigner les trois compagnies qui y prendront part et dans quel ordre elles devront marcher.

A dix heures, la compagnie du lieutenant Freyss est désignée pour marcher la première, celle du capitaine Léspieau suivra et enfin celle du capitaine Cogniard.

Pendant que les compagnies se forment à l'intérieur du carré, les pièces se rapprochent et font un tir aussi rapide que possible, le capitaine Huvenoit qui commande la section de 4 de montagne est blessé par une balle qui traverse sa botte et le gras de la jambe.

Les compagnies arrivent en colonne par le fleuve en très bel ordre. Au passage, quand elles sont à hauteur de la batterie, je serre la main aux officiers et encourage les tirailleurs en leur adressant quelques mots. La colonne passe le marigot, se forme en colonne de compagnies et aborde franchement la brèche en escaladant la petite colline.

Pas un coup de fusil n'a été tiré contre elle.

Le lieutenant Bocher arrive le premier sur la brèche, mais à peine y a-t-il pris pied avec quelques tirailleurs que l'ennemi, trompé un instant par le feu que l'artillerie a continué jusqu'au moment où la colonne arrivait au marigot, revient de tous les côtés vers la brèche et fait pleuvoir les balles et les javelots.

Le lieutenant Bocher combat presque seul pendant quelque temps sur la brèche, les tirailleurs se groupent autour de lui, le reste de la compagnie le rejoint et bientôt les défenseurs sont refoulés vers un petit carrefour fortement occupé où les nôtres se trouvent arrêtés.

Le lieutenant de Laforest arrive avec sa section, les tirailleurs poussent en avant mais les premiers tombent tués ou blessés. Il faut cependant enlever ce carrefour, le lieutenant Freyss commandant la compagnie s'élance dans une ruelle qui y conduit et entraîne sa troupe, mais il tombe bientôt avec quatre blessures.

Il est gravement atteint, une balle qui lui entre dans la bouche lui brise les dents et lui laboure le palais. Sa chute encourage les Toucouleurs qui se précipitent en avant. Le lieutenant Bocher et le sergent Dethir sont là et les reçoivent, ils maintiennent les tirailleurs sous le feu, et, on peut enlever le lieutenant Freyss, le sergent Dethir reçoit deux blessures qui le mettent hors de combat. Mais le lieutenant Laforest a suivi le mouvement et prolongé la gauche du lieutenant Bocher ; une trentaine de tirailleurs peuvent gagner le haut de quelques terrasses, leur feu s'ajoute à celui de leurs camarades qui combattent dans la rue, l'ennemi est délogé. On le poursuit, il faut encore enlever quelques rues et quelques places où il se défend mais bientôt la compagnie arrive à une porte du mur opposé, elle a traversé la ville et a rempli sa mission.

Pendant que cette compagnie combattait aux abords de la brèche, la compagnie Lespieau a grand peine à s'établir sur sa gauche. Durant un quart d'heure le feu est tellement vif que la fumée empêche les combattants de voir devant eux et que je ne peux que difficilement me rendre compte de ce qui se passe. Le talus de ce côté est des plus difficiles à gravir; il est raide et encombré des débris du mur ruiné par le bombardement. Enfin, les tirailleurs du capitaine Lespieau couronnent la crête, les Toucouleurs tiennent quelque temps, puis cèdent un moment, et reviennent furieusement à la charge. Toute la compagnie est en position, elle est renforcée encore sur sa gauche par le premier peloton de la compagnie Cogniard, les défenseurs sont reçus de telle façon qu'ils cèdent enfin définitivement le terrain. Ils sont poursuivis, tombant dans les rues et sur les places sous nos feux de salve.

Le capitaine Lespieau court après eux à la tête de sa troupe, mais en passant devant la porte d'une maison occupée par les Toucouleurs, un coup de fusil parti de l'intérieur l'étend raide mort, la balle lui a traversé la tête. Le lieutenant Demars prend le commandement, les tirailleurs vengent leur capitaine. Ils arrivent bientôt à l'extrémité du village, ayant tout refoulé devant eux, et poursuivent de leurs feux, du haut des murs, les sofas qui ont pu fuir et qui sortent de la ville pour se sauver à travers la plaine.

La compagnie du capitaine Cogniard, comme celle du capitaine Lespieau, n'arrive aussi que difficilement à prendre pied dans la ville, le lieutenant Bénedetti peut cependant prendre position à la gauche de la compagnie Lespieau.

Au moment où le capitaine Cogniard prescrit à son second lieutenant, le lieutenant Dugast, de se porter à la gauche du lieutenant Bénedetti, il l'aperçoit blessé et couvert de sang. Il lui donne l'ordre de quitter le combat et de se rendre à l'ambulance. Le lieutenant Dugast se retire de quelques pas, mais, prenant trois tirailleurs avec lui et suivi de son domestique noir, il longe un peu la colline et se met à grimper vers un endroit où le mur d'enceinte offrait une petite brèche près d'une maison ruinée par l'artillerie. Le talus est très haut et très raide, les coups de fusil partent des ruines, le domestique du lieutenant Dugast reçoit une balle, les tirailleurs s'arrêtent pour répondre, le lieutenant arrive seul au sommet ; là, son revolver déchargé, il essuie un feu violent dirigé contre lui. Pendant longtemps il peut se maintenir, protégé par un petit pan de mur, qui est resté debout, un faible saillant du mur d'enceinte le cache à la vue des tirailleurs qui ne sont pas encore entrés dans la place, mais de loin je peux le voir lancer des pierres et des mottes de terre sur les ennemis qui l'approchent.

J'espère que les tirailleurs qui sont dans la place et qui,

en cheminant derrière le mur, doivent venir de ce côté, vont bientôt le dégager, car ce serait miracle qu'il continue à échapper aux balles qui pleuvent autour de lui et qui l'ont déjà plusieurs fois atteint.

Les meilleurs tireurs d'une des compagnies restées en réserve près de l'artillerie sont aussitôt désignés. Ils s'avancent et par des feux ajustés empêchent à peu près les défenseurs de tirer par les ouvertures de la maison ruinée.

Le capitaine Gautheron de l'état-major est envoyé dans la place pour tenir le Commandant supérieur au courant de la marche du combat. En passant il doit donner l'ordre d'envoyer soutenir le lieutenant Dugast, lui-même pousse quelques tirailleurs de côté pendant que j'envoie le lieutenant Baudot de l'état-major avec quelques tirailleurs choisis par lui pour sauter par dessus le mur et se porter par l'intérieur au secours du lieutenant.

Dugast allait être sauvé, il n'avait plus de coups à craindre que par devant et, tout en se défendant à coups de pierres, il conservait l'abri du pan de mur, mais un sofa se montre tout à coup à une des fenêtres de la maison ruinée, nous le voyons habillé d'un grand burnous blanc se pencher tout à fait en dehors et, avant d'être frappé lui-même, il peut tirer un coup de fusil en rasant le mur, Dugast tombe, la balle l'a traversé de part en part et, ses bras en croix, son corps glisse lentement sur le dos tout le long du talus en suivant les sinuosités du sol.

Sa compagnie avance cependant toujours. Le caporal Pagani, à cheval sur un pan du mur, blessé d'un coup de lance à la jambe, continue à tirer à bout portant sur les Toucouleurs qui l'assaillent, le lieutenant Bénedetti, saisissant le fanion de sa section, entraîne ses tirailleurs derrière lui, le lieutenant Baudot a franchi le mur, le lieutenant Babonneau en fait autant à la tête de la petite troupe envoyée pour secourir le lieutenant Dugast, le capitaine Cogniard fait occuper les terrasses des maisons, on chemine rapidement, le combat reprend vivement dans les carrefours et sur les places qui restent couverts de cadavres, mais on arrive sur la face Ouest, tout à fait à la gauche du village. La compagnie Cogniard comme les deux autres a terminé sa mission, Dienné est à nous. Les tirailleurs des trois compagnies qui ont donné l'assaut, bien qu'entre les mains de nos officiers depuis peu de mois seulement, se sont montrés dignes de marcher à l'ennemi avec les trois couleurs de la France.

Une pièce traînée à bras sous le commandement du capitaine Livrelli est envoyée sous la protection d'une compagnie de réserve pour battre, s'il y a lieu, les points forts qui auraient pu constituer un réduit pour les défenseurs, elle arrive près du tata d'Alpha Moussa, mais Alpha Moussa a été blessé et s'est sauvé déjà du côté de Bandiagara.

Notre drapeau flotte au milieu de la ville.

Le lieutenant-colonel Deporter (1), tout ému d'une lutte où la résistance avait été vive et où il n'était que spectateur, me félicite, les larmes aux yeux, d'avoir l'honneur de commander des troupes et des officiers aussi intrépides que ceux qu'il vient de voir monter à l'assaut et combattre.

Pendant que les commandants de compagnies font parcourir les rues et fouiller les maisons, pendant que nos blessés arrivent à l'ambulance, que des groupes de tirailleurs apportent à l'état-major le butin qu'ils ont fait, des paquets de lances, de javelots et de fusils, qu'ils amènent des femmes et des chevaux, les chefs des Diavandos, des Peulhs et des marchands de Dienné accourent près de moi, tout hors d'haleine, et, se jetant à mes pieds, ils s'écrient : « Arrête le combat ! arrête

---

(1) Le lieutenant-colonel Deporter était chargé de mission au Soudan. Vieil officier, blessé en 1870 dans la lutte contre la Prusse, officier de la Légion d'honneur, habitué à la vie de campagne en Algérie où il s'était fait remarquer dans le commandement des colonnes expéditionnaires, il avait demandé à aller au Soudan poursuivre les études qu'il avait commencées en Algérie sur les confréries musulmanes.

» les tirailleurs ! rien n'est gâté dans la ville ! tout est à vous,
» nous ferons ce que vous voudrez ! ».

Aussitôt, je les renvoie dans la ville, escortés de quelques
spahis et d'interprètes pour qu'ils disent aux leurs que la paix
est faite et qu'on mette bas les armes. Le capitaine Blachère
avec des groupes de spahis est envoyé dans la plaine pour
arrêter la population qui s'enfuit, lui annoncer les nouvelles et
la faire revenir à Dienné ; dans toutes les compagnies on
répète les sonneries : « Cessez le feu, rassemblement ». Nous
avons encore quelques hommes blessés, mais à une heure
après-midi toutes les compagnies sont rassemblées, elles sortent
en ordre de la ville, je vois beaucoup de sang sur les uni-
formes, bien des mouchoirs qui servent de bandages pour les
blessures, mais tout le monde a l'air heureux, on a bien fait
son devoir, je félicite les officiers et les troupes. A ce moment
où l'ivresse du combat n'est pas encore calmée, on me répond
par des mots de soldats : « C'est malheureux que ce soit fini,
mais ils me paieront çà ! » me dit l'un en me montrant une
affreuse blessure, un autre à qui je serre la main et que j'em-
brasse pour l'avoir vu combattre avec courage, seul, longtemps :
« Mon colonel j'ai fait ce que j'ai pu, c'était la première fois
que ça m'arrivait ! ».

Tout le monde reprend sa place dans le carré, des petits
postes sont établis aux portes de la ville pour empêcher le
pillage et toutes les précautions sont prises pour épargner une
ville riche qui va devenir un poste français.

La prise de Dienné nous a coûté :

· 2 officiers, 11 tirailleurs, 1 conducteur d'artillerie tués ou
morts de leurs blessures peu après le combat, 6 européens et
51 indigènes blessés (16 blessés l'étaient gravement d'après les
déclarations du docteur Collomb).

Nous avons tiré   313 obus de 4
                   253 obus de 80
                   39.800 cartouches.

30 fusils ont été mis hors de service dans les escalades ou par les balles.

De leur côté, le chef de Dienné a déclaré que les Dien-nankés avaient eu 510 (six fois 80 et 30) tués dans la ville, qui y furent immédiatement enterrés. Il n'a pu donner aucun renseignement sur le nombre des tués hors de la ville, ni sur celui des blessés.

Le calme étant rétabli partout, les notables de Dienné reviennent au camp et me déclarent qu'ils ne nous ont résisté que parce qu'ils ne pouvaient faire autrement. Les conditions de la paix sont établies comme il suit : Dienné nous remettra immédiatement comme amende de guerre, 1.000 belles barres de sel (soit environ 30 à 35.000 francs) et tous les chevaux qui se trouvent dans la ville. On nous paiera un impôt annuel d'un million de cauris soit environ 2.000 fr. Nous restons propriétaires du chargement de la flotille trouvé sur le Bani en partance pour Tombouctou dont l'adjudant Rault s'est emparé pendant qu'on combattait dans Dienné, alors qu'il arri-vait en face de la ville avec le convoi de pirogues qu'il com-mandait (1).

---

(1) Dans les 6 chalands d'environ 6 tonnes chacun à destination de Tombouctou se trouvent : 728 couffins cylindriques réguliers de riz pesant chacun 80 kilog., des arachides, des oignons coupés et séchés, du mil de diverses variétés, 74 sacs de farine de fruit de baobab, du miel en bonbonnes, de la graisse de karité, du tabac en feuilles, des colas, du piment, des graines de Boukané, de Soumbara, de Mognoko (graines servant d'épice ou de condiment, et qui ressemblent à des variétés de poivre), du coton en floche et en filé, du polli (matière textile analogue au chanvre et qui sert à faire les cordes grossières), du killégui (matière textile qui sert à faire les filets), de la laine du pays, de l'indigo en grosses boules comprimées, du iérélé pour teindre le cuir en jaune, du barkanté (gomme analogue à l'encens), des chan-delles grossières en cire, des objets de vannerie (corbeilles, couvercles, chapeaux, nattes...), des objets en cuir (outres, harnachements, chaussures...), des objets en bois, de la poterie, des étoffes du pays, des étoffes anglaises (marques de Manchester) et quelques étoffes de marques espagnoles.

D'après Ahmadou Assey, chef des marchands de Dienné, le commerce avec Médine et le Sénégal était autrefois considérable, il a diminué avec l'occupation toucouleure et a fini par disparaitre avec Ahmadou. Il reprendra certainement dès cette année.

On ne trouve ni or ni ivoire dans les chalands, bien que Dienné en envoie habituelle-ment à Tombouctou.

Un quartier de la ville nous sera donné en toute propriété pour y loger notre garnison et les nôtres. Le chef de Dienné sera chargé de l'entretien de nos bâtiments sans que nous ayons à l'indemniser. Toutes les femmes prisonnières qui ont été prises par les tirailleurs et qui sont groupées près de l'état-major (1.500 à 2.000 environ) seront immédiatement rendues, à charge aux notables de Dienné de les remplacer par 200 de leurs captives qui devaient être vendues à Tombouctou. Ces femmes seront mariées à nos tirailleurs dont beaucoup ser ent à titre auxiliaire et qui n'ont fait aucun butin, pas plus à Dienné que dans le Minianka.

Ces 200 femmes amenées, battent des mains, elles resteront au Soudan, femmes de nos tirailleurs, au lieu de traverser le désert pour être vendues en pays étranger, et pour affirmer leur qualité de femmes libres désormais, les tirailleurs qui les épousent doivent verser une dot suivant la coutume du pays. Elle est fixée à trente francs et doit être employée par la femme à acheter quelques pagnes et tout ce qui forme le trousseau.

Dans l'après-midi nos morts sont enterrés, les honneurs leurs sont rendus et je dis quelques mots d'adieu au nom de leurs camarades et de tous ceux qui les aimaient, au capitaine Lespieau et au lieutenant Dugast ces deux braves qui sont glorieusement tombés. Ils reposent tout près de la ville, à l'ombre du pavillon français planté au milieu de la petite enceinte qui marque leur tombeau, en attendant qu'un monument y soit élevé.

Le lendemain, 13 Avril, je visite la ville et les environs et m'entretiens avec les notables, je cherche à me renseigner sur ce qui concerne cette région et sur son commerce, sur la possibilité de l'attirer vers Sansandig, Ségou, Bamako et de là vers Kayes et St-Louis, sur la possibilité de passer à Dienné des marchés pour le ravitaillement de nos postes du Niger.

Les gens de Dienné insistent beaucoup sur la nécessité où nous sommes de nous entendre de gré ou de force avec les

gens de Tombouctou. « Dienné ne peut être séparé de Tom-
» bouctou, les deux villes doivent être au même maître, il en
» a toujours été ainsi, ce serait ruiner Dienné que de faire
» autrement. Les gens de Tombouctou sont d'ailleurs les mêmes
» que ceux de Dienné », et on me promet de décider les
gens de Tombouctou de venir à nous.

Au courant d'un entretien, vers quatre heures du soir, je
voyais des signes d'inquiétude autour de moi, on regardait à
droite à gauche, quelques uns de ceux qui était là s'éloignaient.
C'était l'heure du Salam. Profitant de cette occasion pour
affirmer notre tolérance religieuse, je dis que si c'était l'heure
du Salam, il fallait me le dire, que nous arrêterions la discussion
et la reprendrions ensuite, le Salam terminé. Ce fût alors une
exclamation générale de surprise.

Aguibou qui était près de moi fit remarquer qu'il ne
m'avait pas soufflé mes paroles, qu'il me connaissait et qu'il
était heureux que les Diennankés entendent le colonel lui-même
leur dire de faire leur Salam.

Il fut vite achevé, on revint et l'entretien reprit avec un
air de confiance réelle.

Bien que sa civilisation diffère de la nôtre, Dienné est
bien réellement une ville civilisée. Elle s'enorgueillit d'être
plus ancienne que Tombouctou de 83 ans, ses seize écoles sont
très fréquentées et, comme je l'ai dit, les annales de la région,
véritable histoire chronologique du Macina et des pays voisins,
y sont tenues au jour le jour.

Mais, avec la civilisation, a disparu l'espèce de commu-
nisme qu'on rencontre si souvent en pays noir et que nous
confondons volontiers avec l'hospitalité.

A Dienné tout se paie, tout a son prix, le travail fait
pour autrui, la location d'une pirogue ou d'une chambre aussi
bien qu'une poignée de riz ou une chandelle de cire.

« Nous ne vivons que de la culture de nos terres et de
» notre commerce, me disaient les Diennankés, nous ne faisons

» jamais la guerre, on nous pille, on nous tue sur les routes
» et sur le fleuve, mais nous nous mettons en route quand
» même, nous sommes au monde pour faire du commerce ».

Les Diennankés avaient cependant voulu faire la guerre
contre nous et, contrairement à ce que j'avais cru d'abord et
à ce que j'avais écrit, c'est bien eux les marchands, qui ont
obligé Alpha Moussa à se défendre, j'en ai eu la certitude
quelques semaines plus tard en revenant de Bandiagara à
Dienné.

Tout d'abord Alpha Moussa avait déclaré que si nous
arrivions devant la ville, il n'y avait qu'à nous y recevoir et à
s'entendre avec nous, que Dienné ne pouvait pas plus nous
résister que ne l'avaient fait Ségou et Nioro. Tout le monde
avait été de cet avis et on attendait l'évènement. Alpha Moussa
espérait conserver le gouvernement de la province sous notre
autorité. La mort de Daouda notre envoyé qu'il avait été
obligé par ordre d'Ahmadou de jeter au feu cousu dans une
peau de bœuf, avait cependant tout dernièrement ébranlé sa
confiance, en lui faisant penser que nous ne pourrions lui
pardonner cette cruauté.

Quant aux Diennankés leur résolution n'en avait pas été
modifiée, ils n'étaient pour rien dans l'affaire, mais ils hési-
tèrent ensuite quand leurs espions vinrent leur dire que je
n'avais presque personne avec moi, que la colonne qui s'avan-
çait ne paraissait pas plus dans la plaine qu'un petit groupe
de cinq ou six canards sur le fleuve, que si on nous laissait
entrer dans Dienné, nous serions ensuite incapables de la
défendre contre Ahmadou et ses Toucouleurs, que nous n'étions
pas assez nombreux.

Et en effet, notre petite colonne, marchant toujours en
ordre, bien groupée, dans un pays où toutes les surprises
étaient possibles, devait produire cette impression à des
gens habitués à voir les colonnes de noirs dans lesquelles
chacun marche comme il l'entend, où on s'éparpille et fourrage

de tous les côtés. La possibilité de résister qu'on n'avait même pas entrevue jusque là, parut évidente, le fanatisme musulman se réveilla et c'est bien la veille de notre arrivée qu'on se décida à nous tenir tête, mais ce fut alors beaucoup moins Alpha Moussa qui conseilla la lutte que les marchands qui la lui imposèrent.

« Tu es resté avec nous pour profiter de nos biens, lui » disait-on, ce serait indigne de toi maintenant de te sauver » et de ne pas nous défendre ou moment du danger, ton père » n'aurait pas fait cela. »

Et les marabouts commencèrent à noircir de versets du Coran une infinité de petits papiers qu'on distribuait gratis à tout le monde et qui devaient préserver de nos balles. Il n'y avait qu'à tenir bon contre la canonnade, il faudrait bien toujours, à un moment donné, que nous cherchions à entrer dans la ville, et ce n'était pas cette poignée de gens, qu'on voyait là massée comme un point noir sur un burnous blanc, qui arriverait à en forcer l'enceinte.

Il ne m'a pas paru que les gens de Dienné soient, d'une façon générale, des musulmans bien austères. Ils ont affaire, pour leur commerce, à trop de gens de toutes races et de toutes croyances. On fabrique dans la ville du dolo qui est une boisson fermentée et nous y avons vu même des marabouts ivres comme de simples malinkés ; mais quand les chrétiens sont là, on se rappelle qu'on est musulman.

Le 13 Avril, la compagnie qui devait tenir garnison à Dienné prit possession de son logement dans l'ancien quartier de la garnison toucouleure. Le capitaine Gautheron fut nommé commandant de cercle. J'ai donné dans la première partie de ce rapport des extraits des instructions qui lui furent laissées.

Nos blessés furent installés dans les maisons les plus confortables et on se prépara au départ pour le lendemain.

Séjour à Bandiagara

Bandiagara, capitale du Macina, est comme étendue, une des plus grandes villes noires du Soudan, son mur d'enceinte mesure plus de cinq kilomètres. Ce n'est cependant pas une ville forte, et avec les moyens dont nous disposions, nos tirailleurs, s'il avait fallu la prendre de vive force, en seraient venu à bout en quelques heures; tout juste le temps de la parcourir. Les maisons y sont espacées, les places et les quartiers qui n'ont jamais été habités y sont nombreux. Bandiagara admirablement situé, au milieu d'un cirque traversé par un cours d'eau (Yamé) qui ne tarit jamais, entouré par des collines rocheuses, difficiles à gravir et qui lui donnent toute sa valeur défensive, est plutôt un point naturellement fortifié qu'une citadelle.

De Bandiagara, si l'on dispose de forces suffisantes, on peut faire la loi tout le long du Niger, de Dienné jusqu'à Tombouctou. On peut même dire que Tombouctou est dans sa dépendance absolue, car ce n'est pas seulement le commerce avec Dienné, San et toute la région du Haut-Niger et de ses affluents que Bandiagara peut intercepter, comme bon lui semble, mais bien aussi le commerce qui provient du Macina même, celui qui se fait entre Tombouctou et les pays à l'Est de la branche orientale du Niger, comme le Haoussa (la route qui va de cette province à Tombouctou passant par Say et le Hombori et traversant le Macina) et enfin le commerce que Tombouctou fait avec toute la boucle du Niger, la seule voie commerciale traversant toute la boucle du Niger pour aller de la côte d'Ivoire à Tombouctou passant par Kong, Bobo-Dioulassou, Ouoronkoy, Barani, Kani, Bandiagara et Sarefereng.

Dans Bandiagara même, la maison construite par Tidiani, la mosquée et quatre ou cinq maisons habitées par des shérifs sont les seuls édifices de quelque importance.

On retrouve dans la maison de Tidiani, qu'Ahmadou vient de quitter, les mêmes dispositions que dans les diverses maisons d'el-Hadj-Omar que nous avons déjà vues à Nioro et Ségou ; des cours et des bolos ou corps de garde qui se succèdent et sont destinés aux sofas du Dioufoutou, une cour qui sert de parloir et dans laquelle un vaste hangar est soutenu par une quantité de gros piliers en bois formé chacun de plusieurs troncs d'arbres accolés, puis encore un corps de garde et la salle où Tidiani se tenait d'habitude. Les fenêtres sont petites et ornées d'encadrements en bois dans le style maure, quelques armoires ménagées dans l'épaisseur du mur ont des tablettes et des portes dont les serrures analogues aux nôtres ferment à clef ; à part cela, le mobilier est celui qu'on trouve chez tous les noirs du Soudan qui jouissent d'une certaine aisance.

Au premier étage, une grande galerie et quelques chambres particulièrement bien aménagées servaient autrefois aux scribes et aux secrétaires de Tidiani, mais Ahmadou en avait fait les grands appartements de sa favorite Dianimatou, et les papiers avaient été rejetés en tas dans un petit cabinet obscur où personne depuis bien longtemps n'avait dû déranger les rats qui les rongeaient à en juger par les toiles d'araignées accolées les unes aux autres de manière à former comme de véritables plaques de feutre.

Les petits appartements de Diaminatou étaient attenants à la maison de Tidiani, mais formaient une partie des dépendances. Au dire des noirs, cette grande favorite, si dévouée à Ahmadou, répondait dignement à sa confiance, elle se mêlait des affaires politiques, donnait des conseils, recrutait des partisans, récompensait par des dons de captifs, d'étoffes ou de sommes d'argent, par des cadeaux, magnifiques pour des noirs, les dévoûments qui se manifestaient pour son maître.

Elle était cependant, avant tout, une bonne ménagère, et elle aimait, une fois retirée chez elle, entourée de ses femmes et de ses captives, s'occuper des bêtes domestiques, traire ses vaches ou ses chèvres, et faire elle-même la cuisine.

Ahmadou mangeait sans crainte les mets qu'elle avait préparés ; elle seule jouissait d'une pareille confiance, dans cette maison dont le premier maître, Tidiani, avait été empoisonné par une de ses femmes. (1)

A part la chambre qu'il occupait d'ordinaire et les appartements de Diaminatou, toute la maison d'Ahmadou trahissait l'abandon. Depuis Tidiani, les maîtres du Macina qui s'étaient succédé dans cette demeure si admirée des noirs, n'avaient jamais certainement songé à en assurer l'entretien. Le magasin aux javelots était plein, mais les bois des javelots étaient tellement vermoulus qu'ils tombaient en poussière quand on les prenait, et que les fers restaient seuls dans la main. Les vieux étendards d'el hadj Omar et de

---

(1) Du vivant même de Tidiani. Ahmadou prétendait au trône du Macina. Après le passage à Bandiagara du commandant Caron, il sut par des émissaires persuader aux Toucouleurs que Tidiani nous ouvrirait un jour son pays ; lui-même se déclara notre ennemi acharné, le nombre de ses partisans s'accrût et c'est à l'instigation d'un des partisans d'Ahmadou que Tidiani fût empoisonné par une de ses femmes. Ahmadou à Bandiagara était entouré comme il l'avait été à Ségou et à Nioro de plusieurs centaines de femmes dont il avait dépossédé Mounirou. Tidiani, neveu d'el hadj Omar n'en avait jamais eu qu'une quinzaine. Il s'était montré avec elles aussi confiant et aussi débonnaire que pouvait l'être un chef noir de son importance. Cela ne l'avait pas empêché d'avoir été plusieurs fois trompé par celles qu'il croyait les plus fidèles, mais il s'était contenté de renvoyer les coupables à leurs familles. Comme tous les fils d'el hadj-Omar, Tidiani, suivant les conseils du chef de la famille, n'avait épousé cependant aucune femme de race toucouleure, sa propre race. El Hadj Omar en défendant à ses fils de prendre femme parmi les Toucouleures, craignait-il les trahisons de ces femmes, plus cupides et plus perfides que les Toucouleurs eux-mêmes, ou bien pensait-il que ses descendants pourraient arriver à une certaine assimilation avec les peuples conquis qui aurait garanti leur puissance ? Aguibou n'a pu répondre à mes questions à ce sujet, mais il pense que la première raison était la vraie. Toujours est-il qu'el hadj Omar lui-même n'a pas eu de femmes toucouleures et que tous ses fils et neveux ont fait comme lui, à l'exception cependant d'Ahmadou et d'Aguibou. Mais encore si Ahmadou a épousé une femme toucouleure, fille d'Alpha Omar Tierno Baïla, du village de Kanel (Fouta) et de la famille d'Ibra Almamy, c'était pour récompenser Alpha Omar qui avait été l'un des Talibés les plus dévoués à son père, et s'attacher à son tour sa famille ; d'ailleurs, cette malheureuse n'avait été sa femme que de nom, et après de nombreuses années de mariage tout platonique, il lui avait écrit de Nioro, peu après la chute de Koundian, pour lui rendre sa liberté. Quant à Aguibou il n'a épousé des femmes toucouleures qu'après la chute de Nioro, il les a choisies parmi les femmes de sa famille que je lui avais renvoyées et il a admis qu'étant maintenant entre les mains des Français, il n'avait plus à trop se soucier des conseils d'el hadj-Omar.

Tidiani pourrissaient au milieu des débris de toutes sortes, c'est avec peine que nous pûmes retrouver la chambre où ont été transportés et enterrés par les soins de Tidiani les restes des fils d'el hadj-Omar, Omar, Mahi, Maki et Hadi, retirés de la grotte de Deguembéré. Les restes d'el hadj Omar lui-même, prétend-on, n'ont jamais été retrouvés. Tidiani a fait fermer la grotte par un mur dans lequel une porte a été ménagée, on a construit une case à côté et un portier consigne, un Habé, en garde l'entrée et exige une somme d'environ 4 francs de ceux qui veulent visiter. Dans la maison d'Ahmadou, une assez grande salle cependant était aussi en bon état d'entretien, c'était la bibliothèque où quantité de volumes assez richement reliés à la mode indigène étaient rangés en piles. Un factionnaire fût placé à la porte et, avant que la demeure de son frère fût remise à Aguibou, le lieutenant-colonel Deporter passa de longues heures à tout examiner.

La plupart des volumes n'avaient aucune importance et n'étaient que des copies du Coran ou d'ouvrages arabes déjà connus, quelques livres d'histoire furent cependant conservés par le lieutenant-colonel comme encore inédits et pourront, je l'espère, avec l'histoire chronologique du Macina dont j'ai déjà parlé en rendant compte de la mission du lieutenant-colonel Deporter, jeter quelque lumière sur le passé encore si obscur de toute cette région. J'ai déjà cité un certain nombre de lettres trouvées à Bandiagara, aucune ne parlait de ce qui se passait au-delà du désert. Il faut admettre que, pour le moment, s'il y a des relations entre les musulmans de Bandiagara et ceux du nord de l'Afrique, elles sont bien peu fréquentes et bien vagues. Je consigne cependant ici, quoique je les regarde à peu près comme incompréhensibles, les seuls passages de lettres qui parlent du Maroc et de l'Egypte.

. . . .

. . . .

De quelques questions commerciales au Soudan

On a cherché souvent à opposer notre action au Soudan à l'action que nous exerçons pacifiquement dans les rivières du Sud ou à l'action exercée par des explorateurs pacifiques comme Binger et Monteil.

Peut-on réellement comparer entre elles des choses aussi différentes ?

Qu'est-ce que les rivières du Sud ?

Géographiquement, c'est une parcelle du Soudan et ce n'est pas la plus riche, c'est un point de la côte par lequel on peut avoir accès dans le Soudan.

Politiquement, c'est une colonie autonome qui vit de son existence propre à côté d'autres colonies également françaises.

Elle est fort peu étendue, son influence sur le Fouta-Diallo et les autres territoires de protectorat qui lui sont rattachés est assez minime.

Les rivières du Sud font un commerce qui s'élève à une dizaine de millions, de même que Grand-Bassam fait un commerce de cinq ou six millions.

Pas plus dans les rivières du Sud qu'à Grand-Bassam nous n'entretenions de troupes jusqu'à ces derniers temps.

Je ne veux pas rappeler ici qu'une grande partie du commerce qui se fait dans les rivières du Sud provient du Soudan et que c'est surtout sur cette côte, comme à Sierra Leone, que les affaires ont éprouvé le contre-coup de la lutte contre Samory, mais qu'est-il advenu quand les rivières du Sud ont augmenté d'importance, quand, de simples comptoirs, elles ont voulu devenir colonie ? L'absence de toute force militaire s'est fait sentir, on s'est vite aperçu que le chiffre d'affaires pourrait augmenter si la sécurité était plus grande et si notre influence loin de la côte était plus réelle, et le Gouverneur des rivières du Sud a demandé des tirailleurs et, en attendant que la métropole lui en accorde, il a conservé la compagnie des tirailleurs soudanais qui venait d'ouvrir la route du Soudan à la mer, et il a déclaré que non-seulement cette compagnie lui était indispensable mais qu'elle était loin de suffire. Il en sera de même de Grand-Bassam quand les affaires commerciales prendront quelque importance.

Il en est de même à Cameroon pour les Allemands et je ne peux encore que citer M. P. Leroy-Beaulieu dont les prévisions se sont réalisées si rapidement en ce qui concerne le Sénégal et les rivières du Sud.

« A Cameroon par exemple, le commerce était estimé à » 3 millions de francs à l'exportation, et 2 millions à l'impor- » tation.

» Dût-il tripler, ce serait un mince résultat. Pour que le » trafic s'accroisse considérablement avec les peuplades d'Afrique » il faudrait établir une autorité ferme à l'intérieur qui y fît » régner la paix.

» M. de Bismarck s'est toujours défendu de cette idée » d'intrusion. Il ne veut pas, dit-il, faire de la colonisation à » la Française, il entend seulement protéger les commerçants » allemands là où ils sont établis.

» Si l'Allemagne reste fidèle à ce programme, ses comptoirs » pourront avoir un certain intérêt politique et même scienti- » fique, mais de longtemps ils n'atteindront pas une importance » très considérable..... ».

et il ajoute plus loin :

« Il ne sert de rien de prendre possession de quelques » points sur la côte d'Afrique, si l'on n'est pas résolu à en » faire le point de départ d'une œuvre lente de pénétration » dans l'intérieur et d'occupation des districts situés loin de la » mer. Cette politique pouvait réussir aux Indes, en Chine, » dans tous les grands pays qui ont une population dense, déjà » civilisée et jouissant de la paix.

» Sur les côtes d'Afrique, cette méthode n'amènera que
» des déceptions . . . . »

　　　　　　　　　et ailleurs encore :

» On se fait, croyons-nous, de grandes illusions sur le
» moyen de coloniser le continent africain.

» Tant qu'une puissance européenne se bornera à occuper
» quelques points de la côte, les résultats qu'elle obtiendra
» seront médiocres . . . . Le commerce ne naîtra et ne s'é-
» tendra que dans les régions où des puissances européennes,
» auront établi leur autorité effective, où elles feront régner
» la paix avec l'appui d'une force disciplinée et docile, où elles
» empêcheront les guerres locales, les massacres, le pillage et
» l'esclavage, où elles ouvriront des voies de communication.

» Les seules contrées de l'Afrique où pourra se développer
» un commerce abondant seront celles qui se trouveront pla-
» cées sous la direction effective et sous l'autorité réelle des
» puissances européennes. Les noirs d'Afrique sont, au milieu
» de l'humanité, des mineurs qui, pour parvenir à un certain
» état de civilisation et, par conséquent, à un degré un peu
» élevé de production et d'échanges, ont besoin d'être dirigés,
» guidés, gouvernés pendant un bon nombre de dizaines d'an-
» nées par les européens. Là où ces conditions ne seront pas
» remplies le commerce restera toujours embryonnaire. . . . . »

Evidemment des hommes sincères peuvent prétendre que
nous ferions mieux de ne pas avoir de colonies du tout ou de
nous contenter de quelques comptoirs sur les côtes ou de quelques points fortifiés pour nos vaisseaux.

Je n'ai pas à discuter ici une thèse aussi générale, j'étais
chargé de gouverner une colonie fort éloignée des côtes, d'y
développer notre influence, d'y assurer la sécurité et de tra-
vailler à sa mise en valeur. J'ai fait ce que j'ai cru indispensable pour arriver à tout cela et pour que bientôt un chemin
de fer puisse en toute sécurité traverser notre colonie par son
milieu, de l'Ouest à l'Est, en réalisant des recettes suffisantes

pour que l'État n'ait pas une nouvelle charge à supporter. Maintenant qu'un trafic suffisant est assuré à ce chemin de fer, il reste à le construire, il n'y a pas d'autre manière de mettre en valeur le Soudan, quel que soit d'ailleurs le régime d'administration qui y soit établi.

Mais si je n'ai pas à discuter ici une thèse aussi générale que celle dont je viens de parler, je demande cependant, bien que militaire, à citer encore M. P. Leroy-Beaulieu, qui semble avoir répondu par avance à ceux qui n'admettent pas que nous nous établissions loin des côtes, et pour lesquels des colonies comme celle des Rivières du Sud paraissent devoir répondre à tout ce que nous sommes en droit d'espérer :

« Un Anglais fort avancé sur son époque, au commence-
» ment du XVIIe siècle, conseillait à la compagnie anglaise des
» Indes de se contenter d'entretenir dans l'Hindoustan des comp-
» toirs commerciaux et d'éviter toutes les conquêtes. . . . . .
» Les événements qui contraignirent la compagnie des Indes à
» devenir de plus en plus une puissance continentale ne sont
» pas fortuits, ils se présentent naturellement chez des peuples
» barbares. Il ne faudrait pas attribuer le cours imprévu des
» conquêtes britanniques dans l'Hindoustan à la simple ambition
» d'un Clive et d'un Warren Hastings. La force des choses y
» a beaucoup plus contribué que la volonté des hommes. . .
» « Il est facile de s'abstenir complètement de toute coloni-
» sation ; mais il est chimérique, entré dans cette carrière
» entraînante, de vouloir limiter à un cercle étroit et à un
» mode déterminé d'avance l'activité colonisatrice d'un grand
» État. . . . . »

Ce que la France a voulu faire au Soudan, ce n'est pas d'y établir quelques comptoirs et d'assurer à quelques maisons de commerce un chiffre d'affaires de quelques millions. Elle a confié d'abord diverses missions à des explorateurs, Mage et le colonel Galliéni, puis elle a voulu, après avoir étudié leurs rapports, fonder une grande colonie et elle a envoyé immé-

diatément et en même temps des troupes et le matériel nécessaire pour construire les 130 premiers kilomètres du chemin
de fer qui doit relier le Sénégal au Niger.

La France voulait avoir en Afrique un domaine capable
non pas de permettre à un petit nombre de privilégiés de
gagner quelques centaines de mille francs, mais capable de
développer dans l'avenir l'industrie et le commerce de la
Métropole.

. . . .

Le Général Faidherbe cherchait à faire bénéficier le Sénégal
du commerce avec le centre de l'Afrique et plus particulièrement du commerce avec les régions baignées par le Niger,
ce sont exactement ses projets qui se sont trouvés réalisés au
Soudan et ils le seront complètement quand la voie ferrée
reliant les deux fleuves sera construire. Nous devons maintenant chercher à suspendre notre marche expansive vers
l'Est et nous pourrons cependant mettre notre nouvelle colonie
en valeur, ce que nous n'aurions pu faire auparavant.

L'occupation de Tombouctou doit creuser, il est vrai, un
fossé plus profond entre le nord de l'Afrique et le Soudan, le
Général Faidherbe l'a exposé lui-même, mais ce sera au béné-
fice de notre commerce puisque fatalement les routes commerciales à travers le désert cesseront peu à peu d'être suivies,
et que nos marchandises aussi bien que les produits du centre
de l'Afrique prendront le chemin beaucoup plus rapide et plus
économique du Sénégal, dès qu'une voie ferrée réunira le
fleuve Sénégal au Niger.

Le Sahara ne donnera bientôt plus asile qu'aux gens que
les oasis pourront nourrir, et sa population nomade qui ne pourra
plus vivre des apports des caravanes finira par se fixer quelque
part et sera bien obligée peu à peu de trouver un autre métier que celui de pillards. Si d'ailleurs les relations entre le
Maroc, la Tripolitaine et le Soudan doivent devenir moins

fréquentes, si le nord de l'Afrique et le Soudan doivent devenir de plus en plus des régions bien distinctes au point de vue commercial, l'inverse se produira au point de vue militaire pour l'Algérie et le Soudan, les rebelles ne pourront plus vivre aussi facilement hors de notre atteinte, nous pourrons occuper plus facilement tous les points qui seront nécessaires à notre sécurité et, les révoltes ne pouvant plus s'organiser en des points inaccessibles pour nous, peut-être verrons-nous dans l'avenir la possibilité de diminuer l'effectif si élevé de nos troupes en Algérie.

Parler du commerce du Soudan c'est parler aussi du commerce du Sénégal.

Il est su de tous à Bordeaux et à Saint-Louis que malgré la paix assurée aujourd'hui au Cayor, au Fouta et à toute la colonie, les affaires au Sénégal ne donnent plus qu'une partie bien minime des bénéfices qu'elles donnaient autrefois. Il y en a surtout deux raisons, les deux plus importantes, les frais de douane énormes qui frappent les marchandises et la dépréciation sur les marchés d'Europe des gommes et des arachides.

Cette dépréciation provient de la concurrence faite par des produits similaires obtenus industriellement et par celle des gommes et des arachides qui proviennent des colonies anglaises.

Pour ramener la prospérité au Sénégal et développer le commerce au Soudan il faudrait donc tout à la fois diminuer les droits de douane, amener le prix de revient des gommes et des arachides dans nos colonies du Sénégal et du Soudan à être assez faible pour que ces produits puissent lutter sur les marchés d'Europe avec les produits similaires et les produits étrangers, enfin développer d'autres ressources commerciales que celles qui proviennent de la récolte des gommes et de la culture des arachides.

1° Diminuer les droits de douane, appliquer la loi du 7 Mai 1881 qui permet l'introduction des marchandises d'origine française dans nos colonies sans qu'elles aient à supporter des droits de douane, est indispensable au Soudan, je crois l'avoir démontré dans la première partie de ce rapport puisqu'autrement nous n'aurions travaillé que pour nos voisins de Sierra-Leone.

Appliquer cette même loi de 1881 au Sénégal est nécessaire aussi, mais la mesure est moins urgente que pour le Soudan. Au Sénégal nos commerçants souffrent de l'état de choses actuel mais, bien qu'il ne faille pas oublier que, il n'y a pas de très longues années, les étoffes anglaises passant par la Gambie, approvisionnaient Saint-Louis même, nous n'avons pas au Sénégal au même degré qu'au Soudan à craindre la concurrence étrangère. Pour appliquer la loi de 1881 au Sénégal, il faudrait trouver d'autres ressources pour le budget local que le Conseil général arrête actuellement à environ trois millions de recettes. Peut-être pourrait-on trouver ces ressources en décidant que les budgets locaux du Soudan, des Rivières du Sud et le budget spécial du Sénégal devraient verser au budget local du Sénégal des contributions fixées par le Département. La mesure ne pourrait être regardée comme injuste car c'est en somme autour de Saint-Louis que se sont développés nos autres colonies et nos pays de protectorat, c'est même à cause de Saint-Louis que nous les possédons aujourd'hui ; le rôle d'une grande ville européenne comme Saint-Louis est considérable, elle nous donne dans cette partie de l'Afrique une influence et une force qui ne sauraient être remplacées avant des siècles peut-être, par l'établissement d'aucune autre ville dans nos possessions de l'Afrique occidentale. Ce serait reconnaître cette action incontestable de Saint-Louis que d'exiger des colonies voisines des parts contributives pour son budget local.

Le Soudan de son côté aurait certainement bien vite avantage, dès qu'il sera traversé par un chemin de fer, à payer une somme fixé annuelle de quatre ou cinq cent mille francs si, en retour, la loi de 1881 lui était appliquée, car le commerce s'y développerait très rapidement.

2° Amener le prix de revient des gommes et des arachides dans nos colonies du Sénégal et du Soudan à être assez faible pour que ces produits puissent lutter sur les marchés d'Europe avec les produits similaires et les produits étrangers.

Plusieurs causes peuvent produire ce résultat :

L'extension des cultures d'arachides et de la récolte de la gomme, l'extension des moyens de transport, leur facilité, leur bon marché.

Il est bien évident en effet que plus une marchandise abonde sur le marché et moins elle se vend cher. Or la culture de l'arachide peut être indéfiniment développée ; partout au Soudan on trouve les terrains qui lui conviennent et, pour ce qui regarde les gommes, la quantité apportée aujourd'hui à nos escales n'est bien certainement qu'une infime partie de ce qui pourrait être récolté.

La population du Soudan s'est accrue depuis notre occupation, elle continuera à s'accroître rapidement si la paix est maintenue à l'intérieur, comme elle l'a été ces dernières années et elle s'accroîtra non seulement parce que les noirs sont très prolifiques, mais aussi parce que, de tous côtés, on viendra, comme on le fait aujourd'hui, chercher auprès de nous la sécurité et la garantie de la propriété.

Le nombre des travailleurs augmentera avec la population et les guerres intestines étant supprimées, le travail deviendra de plus en plus nécessaire pour vivre.

On ne peut raisonner pour le Soudan comme on le ferait pour un pays d'Europe, le terrain de culture ne s'achète pas, on l'occupe et on l'exploite ; et sans même tenir compte de l'accroissement de population dont je viens de parler, on est en droit de dire que les indigènes pourront, en se donnant un peu plus de peine, réaliser les mêmes bénéfices en vendant de grandes quantités à bas prix qu'en vendant cher, comme aujourd'hui, le peu qu'ils apportent.

Il en sera de même des négociants, ils devront opérer sur de plus grandes quantités pour avoir des bénéfices analogues à ceux qu'ils réalisaient il y a quelques années.

Pour que l'indigène produise et nous apporte plus qu'aujourd'hui il faut et il suffit qu'il puisse vendre facilement, il faut que nous allions chercher ses récoltes pas trop loin des endroits de production ; il faut améliorer la navigation sur le Sénégal, ce sera facile, et il faut construire un chemin de fer qui traversera la colonie et qui pourra emporter tout ce que donnera le batelage sur le Niger.

Le chemin de fer de Kayes au Niger est celui qui desservira la plus grande partie des territoires aujourd'hui exploitables, il recevra des gommes et des arachides tout le long de son parcours et surtout à son point terminus, et plus tard, quand l'expérience en aura démontré l'avantage, il y aura sans doute lieu de construire quelques embranchements.

Les plantes qu'on trouve au Soudan ou dans les rivières du Sud ont leur congénères bien plutôt dans les Indes qu'en Amérique et c'est le commerce des Indes qui est surtout et qui sera le rival du commerce du Soudan et du Sénégal. Le riz, le coton, le sésame, l'indigo, les arachides, le karité, se trouvent aux Indes, le Bitter Kola lui-même est du même genre que la plante d'où on tire la gomme-gutte, les apocynées qui donnent le caoutchouc sont du même genre que celles qu'on trouve à Madagascar, baignée par la mer des Indes. Les arachides de Coromandel, l'indigo du Bengale et de Java, le sésame exporté par Kurachee et Bombay, l'illipé analogue au karité, font déjà et feront une terrible concurrence en Europe aux produits du Soudan parce qu'ils proviennent de pays où la population est nombreuse, habituée aux affaires et peu exigeante pour les salaires, parce qu'aussi l'outillage commercial et industriel de ces pays est déjà très développé et qu'on y trouve des routes, des ports, des chemins de fer et des bateaux qui prennent du fret à très bas prix.

Cet outillage et ces populations nombreuses et commerçantes nous manquent encore. Notre œuvre vient de commencer; le Sénégal n'était guère qu'un comptoir il y a quelques années; avec le Soudan il devient une colonie; les débuts seront difficiles, mais le Sénégal et le Soudan sont si près de l'Europe, les frais de transport arriveront à être tellement inférieurs à ceux que nécessiteront les marchandises venant de l'Inde, que l'avantage restera à nos colonies d'Afrique.

Ce qu'il faut, c'est créer des routes, construire des chemins de fer, maintenir la paix à l'intérieur de nos frontières.

3° Enfin c'est le Soudan qui permettra de développer de nouvelles ressources pour le commerce; les produits végétaux et animaux y sont variés et nombreux; et il n'est pas besoin de rappeler que les troupeaux, bien plus que les mines d'or ont fait la fortune de l'Australie. Au Soudan se trouvent de bons chevaux, des troupeaux de bœufs, de zébus, de moutons à grande laine. Une commission d'étude, sérieuse, composée de vrais savants, pourrait diriger les efforts qui seront tentés.

www.ingramcontent.com/pod-product-compliance
Lightning Source LLC
Chambersburg PA
CBHW071251210626
46818CB00013B/927